Robert Lipsyte

La dernière épreuve

Traduit de l'américain par Christelle Bécant

Médium
11, rue de Sèvres, Paris 6e

Du même auteur à *l'école des loisirs*

Le défi d'Alfred, collection Médium
Le chef, collection Médium

Titre original : « The Brave » (Harper Collins Children's Books, New York)
Loi n° 49.956 du 16 juillet 1949 sur les publications
destinées à la jeunesse : septembre 1995
Dépôt légal : septembre 1995
Imprimé en France par la Société Nouvelle Firmin-Didot
au Mesnil-sur-l'Estrée (31520)

1

Sonny Bear descendit l'allée centrale, cognant ses gros gants rouges l'un contre l'autre, les épaules fouettées par sa queue-de-cheval noire, royal malgré la haine de la foule qui le cingla comme une petite pluie froide. « Vous gênez pas, bande de culs-terreux, pensa-t-il. Moi, ça me donne des forces ! »

Il sauta sur le ring. Un mouvement si leste surprit la foule. Personne ne s'imaginait qu'un poids lourd puisse être aussi rapide. Le public se mit à tambouriner des pieds et à siffler. Quelqu'un hurla :

– Va te falloir un *tomahawk* ce soir, Peau Rouge !

Et les autres clampins éclatèrent de rire.

Sonny sentit le monstre s'éveiller dans sa poitrine.

Le boxeur du bled était déjà sur le ring, un grand garçon de ferme, le torse et le dos couverts d'une fourrure de boucles jaunes. Il banda ses biceps musculeux et lança un regard noir à Sonny. La foule l'acclama. Il avait la même taille que lui, un mètre quatre-vingt-cinq, mais il accusait vingt-cinq kilos de plus. Et ce n'était pas que de la graisse. En plus de ça, il était vieux, il avait au moins dix-neuf ans. Sonny lui rendit son regard. La foule le hua.

Jake le ramena dans son coin et l'assit de force sur le tabouret.

– Tu es là pour gagner. Pas pour les mettre en boule !

Ses vieux doigts desséchés massèrent le cou de Sonny.

Celui-ci inspecta la foule. C'était ce qu'on pouvait attendre d'un combat de saloon le vendredi soir dans un bled de montagne. Des Blancs, dans les deux cents, assis sur des chaises pliantes, des grandes gueules qui tétaient des bières en boîte. Ils avaient gardé leurs vêtements de tous les jours, bleus de travail, jean's graisseux et chemisettes brodées de l'inévitable surnom sur la poitrine. « Le genre de gros cons toujours prêts à faire passer un sale quart d'heure aux Indiens dans les quincailleries et les pompes à essence ! Si je n'avais pas de gants, je leur ferais un doigt ! » Dans sa gorge, le monstre s'échauffait. «Ce soir, il va en bouffer du tomahawk, Boucles d'Or!»

Au-dessus, les néons clignotèrent avant de s'éteindre. Les feux des projecteurs tombèrent sur le ring. Le gong retentit. Un homme corpulent, en chemise de bowling blanche brodée aux couleurs des Mobile Homes de Hillcrest, leva ses gros bras.

– Et maintenant, les gars, un peu de silence, match de clôture de la soirée, catégorie poids lourds, deux cents billets, le gagnant ramasse tout... En short noir...

Les huées submergèrent le ring. Une boîte de bière broyée fusa de l'obscurité pour atterrir sur le tapis. «Ils sont complètement pafs.» D'un coup de pied, le présentateur sortit la boîte du ring. La foule éclata de rire.

– ...quatre-vingt-un kilos cinq cents, un gamin qui s'est fait un nom, cinq victoires incontestables... Il nous vient de la Réserve moscondaga, Sonny «Bear»!

Le gong retentit pour étouffer les huées. Le monstre l'envahit.

– En short blanc... quatre-vingt-dix-sept kilos

quatre cents... la fierté de Hillcrest... un gars bien de chez nous... Glen Hoffer!

La foule se leva, enthousiaste, tandis que Hoffer, les bras levés, gagnait le centre du ring d'un pas pesant. Ses poils dorés luisaient dans la lumière. « Il est plus près de cent dix que de cent! S'il tombe, celui-là, ça va secouer, c'est le genre à faire trembler tout l'immeuble, à le faire s'écrouler même. »

– Jab, murmura Jake. Jab et travaille-le à l'estomac. Va pas chercher le coup dur!

Le présentateur fit signe à Sonny d'avancer au milieu du ring. « On peut lui faire confiance pour arbitrer, celui-là... Avec lui, sûr que Glen Hoffer prendra pas trop de mauvais coups... Bonne chance! »

– Cinq rounds... Deux knock-down dans le même round, et c'est fini. Vu?

Comme tous deux hochaient la tête, l'arbitre regarda Sonny droit dans les yeux.

– Pas de coups de pied, mon garçon, pas de coups tordus, pas de morsures, pas de coups de boule, pas de coups bas, on n'est pas à la Réserve ici!

L'arbitre se tourna vers Hoffer:

– En cas de knock-down, Glen, va tout de

suite dans un coin neutre que je puisse commencer le compte.

Dans son coin, juste avant le gong, Sonny prit un grand coup d'eau à même la bouteille entourée de sparadrap et cracha dans un seau. Il ouvrit la bouche pour que Jake glisse le protège-dents en plastique. Le visage sombre et ridé du vieux se colla près du sien.

– Attention à toi, Sonny. Jab et travaille-le à l'estomac.

Entre les pieds il avait le sac de vêtements de Sonny. «Brave vieux, le grand-oncle, il est déjà prêt à se tirer en vitesse.»

Le gong retentit.

– Va pas chercher le coup dur! hurla Jake.

«Fous ce Visage Pâle en l'air!» ordonna le monstre.

Sonny s'élança d'un bond et expédia son crochet gauche à la tête de Hoffer avant que le garçon de ferme ait pu lever les mains.

Bingo!

Hoffer battit des jambes et s'écrasa à terre. Il resta assis sur le tapis, un air d'étonnement sur sa grosse bouille de crétin.

Le rire de Sonny le tira de sa stupeur. Il se mit à quatre pattes. Balourd, il se hissa sur les pieds. L'arbitre fit irruption entre eux et essuya les gants de Hoffer sur sa chemise. Il lui dit un truc que Sonny ne réussit pas à entendre.

La joue du garçon de ferme était rouge vif au point d'impact du crochet gauche. Une goutte de sang était apparue à l'une de ses narines. Il leva les gants au niveau de sa poitrine haletante et avança sur Sonny, les yeux plissés, les lèvres serrées.

Il ne s'attendait pas du tout à un autre crochet. Pas au même endroit.

Celui-là le fit pivoter sur lui-même. Il partit en chancelant dans les cordes et tomba à genoux. Seules ses épaules, retenues par la corde du milieu, l'aidaient à se tenir droit. Il resta pendu là comme un quartier de bœuf. Sans se presser, Sonny gagna un coin neutre. Deuxième knock-down. C'est fini. De l'argent facile.

L'arbitre aida Hoffer à se relever.

– Un faux pas, c'est tout, déclara-t-il, pas un knock-down.

Le monstre lâcha un petit ricanement : « Tu t'attendais à quoi, Peau Rouge ? A un combat loyal ? »

Sonny regarda Hoffer revenir en titubant, les yeux vitreux et la bouche amorphe, soutenu par le chœur du public qui scandait: «Glen... Glen... Glen...»

Il est peut-être debout, mais il est K.O. Encore un coup bien placé et il est complètement vidé, il n'y a pas de danger qu'ils trouvent moyen de m'arnaquer sur ce combat.

– Jab et travaille-le à l'estomac, hurla Jake. Le laisse pas venir trop près.

Sonny plaqua les pieds au sol et laissa Hoffer approcher, juste à portée pour prendre de plein fouet le punch final, un bref crochet du gauche qui allait bousiller ce Visage Pâle livide, comme un vulgaire melon pourri, qui allait dézinguer toutes ces tronches de Blancs, leur fourrer le tomahawk dans le ventre, tous autant qu'ils étaient.

«Allez, fermier, viens là que je te plante!»

Il laissa partir son crochet.

Celui-ci n'atteignit jamais son but.

Sonny sentit l'uppercut lui érafler la cuisse avant de s'abattre dans l'aine et de lui faire perdre pied. Il tomba en avant, dans les bras de Hoffer, les jambes en caoutchouc. Il nageait contre un mur de poils trempés. Il avait la vue brouillée. Dans le flou, trois Hoffer le repoussèrent.

Il vacilla en arrière, se fit un croche-pied tout seul, partit cogner le tapis et roula face contre terre. Le souffle coupé, il sentit la douleur exploser entre ses jambes et lui monter dans le ventre.

Très loin, il entendit l'arbitre annoncer :

– Coup accidentel, pas de disqualification, le short noir a trente secondes pour se remettre.

Il fut sauvé par le gong. Jake le traîna jusqu'à son tabouret, dégagea sa ceinture et lui frictionna le torse. Il lui cassa une capsule sous le nez. L'odeur d'ammoniaque atteignit le cerveau comme par une ligne directe.

Sa vue se rétablit. Mais la douleur à l'aine et au ventre avait fait place à un élancement intense, violent, et il ne sentait plus ses jambes. Il attendit que le monstre se relève, qu'il le submerge de la colère qui le nourrissait, mais il ne trouva en lui qu'une lassitude sans fond.

– Ça va, lui dit Jake à l'oreille. La douleur va se calmer. Marque et bouge en attendant qu'il fasse une faute. C'est un idiot, il a peur de ton crochet.

– Mes jambes, souffla Sonny. J'arrive pas...

– Faut que tu y arrives, grommela Jake. On n'abandonne pas en face de ces gens-là.

L'arbitre fit irruption.

– Vous jetez l'éponge ?

– On est venus pour se battre, répondit Jake.

De l'autre côté du ring, Hoffer faisait signe à ses copains, leur adressant de grands sourires. Sonny essaya de trouver le monstre, de provoquer la colère, mais il avait disparu. « Pas grave. De toute façon, ils allaient truquer le combat, comme ils truquaient tout le reste. Pourquoi s'en faire ? Quand on n'a pas sa chance au départ, on ne peut pas parler d'abandon. Ils fabriquent des règles à eux au fur et à mesure. Un coup de poing accidentel, ça n'existe pas. Alors qu'est-ce qu'on a à faire de ce que ces gens-là peuvent penser ? »

Le gong retentit. Jake l'envoya au milieu du ring.

Il aurait pu servir de totem dansant à un pow-wow, ses jambes lui faisaient l'effet de longues perches de bois. Il avait des gestes saccadés. Ce qu'il pouvait faire de mieux, c'était d'allonger des jabs à Hoffer pour le déstabiliser, l'empêcher de le martyriser et de l'épuiser de toute sa force de brute. Il esquiva et fit marche arrière pour dégager son direct. Mais ça manquait de nerf.

Jake avait raison. Hoffer était bête et il avait peur de son crochet. Il ne se rendait pas compte de la faiblesse de Sonny. Un assaut en force et il pouvait l'achever, le combat serait terminé. Mais le souvenir de ce crochet du gauche le retenait.

« Le plus simple, ça serait peut-être d'en finir. Laisser Hoffer me balancer un bon coup. Faire semblant d'être K.O. Circulez, y a plus rien à voir.

« Pas en face de ce peuple-là !

« Mais quel peuple ? Ici, je suis un Indien, mais quand les chefs siègent dans la maison commune pour se raconter leurs secrets, je ne suis rien de plus qu'un métis blanc ! »

Le public siffla car Hoffer et lui s'étaient mis à piétiner au corps à corps. L'arbitre s'interposa.

– De la boxe, les garçons, pas de la danse !

Il se pencha vers Hoffer.

– Vas-y, attaque, Glen, le Peau Rouge est blessé.

Hochant la tête, le garçon de ferme se redressa.

– Jab ! hurla Jake, jab ! alors que Hoffer lui rentrait dedans à coups redoublés pour le faire reculer.

Sonny plaqua les coudes de Hoffer contre ses flancs. Hoffer lui écrasa les pieds, lui fila des coups dans les tibias, tête baissée pour essayer d'écraser sa tignasse blonde sur son visage.

– Arbitre ! hurla Jake, regardez ça !

– Une minute de jeu, lança l'arbitre. Allez, on passe à la baston maintenant !

Alors qu'ils se séparaient, Hoffer tenta de frotter les lacets de ses gants sur les yeux de Sonny. Celui-ci décocha un direct pour le repousser. Le coup rebondit sur le nez de Hoffer, lui faisant valser la tête en arrière.

Le coup de poing surprit Sonny autant qu'il surprit Hoffer. L'espace d'une seconde ce dernier vacilla sur les talons. Le monstre sentit que son heure était arrivée et submergea de nouveau le corps de Sonny. Il assena une droite à Hoffer. Le fermier se raidit. Alors Sonny déchargea son crochet du gauche.

Bingo !

Hoffer alla s'écraser au tapis.

Le gong retentit.

– Le round n'est pas fini, hurla Jake. Encore vingt secondes !

Il était carrément sur le ring, à agiter son chrono sous le nez de l'arbitre. Mais ce dernier l'ignora, tandis que les soigneurs goguenards hissaient Hoffer sur ses jambes et lui frictionnaient les bras et le torse.

Tout au fond, le monstre rigola. « Qu'est-ce que tu attends de ces gens ? Relis tes livres d'histoire. Tous des tricheurs, des voleurs... Et ils te laissent jamais gagner. » La brûlure qui commençait à lui galvaniser les jambes et à lui raidir les muscles des bras le propulsa sur Hoffer de l'autre côté du ring.

Il abattit son poing au beau milieu de la tête d'abruti du sac de poils.

Le grand blond recula en vol plané dans son coin et s'écrasa sur le tabouret qui éclata. Ses soigneurs foncèrent sur Sonny. Celui-ci en frappa un à la tête. Il tomba comme un sac de grain.

Le gong retentit, des hommes hurlèrent et se mirent à courir, les lumières se rallumèrent. Sonny eut l'impression que ça se passait loin de lui, comme un film à la télé, dans une autre pièce. Il se retourna à temps pour voir l'arbitre lui allonger un coup. Il arma son gauche.

– Non, gueula Jake, en lui attrapant le bras.

Il essaya de décocher un coup à l'arbitre, malgré Jake qui s'était pendu à lui. Mais le vieux, tout maigre qu'il paraissait, était plus lourd et plus fort qu'il n'en avait l'air. Des mains blanches essayaient de l'atteindre, une boîte de bière rebondit sur son épaule, des hommes, penchés à l'intérieur du ring, essayaient de le frapper.

Jake lui fit passer les cordes. Il dégringola de l'estrade sur le plancher de la grande salle du café. Jake l'empoigna par le fond du short et le poussa à travers la foule. Un homme en combinaison de travail leur bloqua le passage. Jake le rembarra d'un coup de sac. A force de coups de coude et de coups de pied dans ces corps qui grouillaient, ils gagnèrent la sortie et débouchèrent dans une nuit tiède qui tomba comme un drap glacé sur le corps moite de Sonny.

Ils traversèrent le parking au pas de course et grimpèrent à toute allure dans la cabine de la dépanneuse de Jake. Des hommes tambourinaient déjà aux portières quand Sonny tourna la clé de contact et commença à donner des coups d'accélérateur. Jake fouilla sous le tableau de bord, à travers les vieux fils de radio emmêlés, et sortit son très vieux Colt 45. La dépanneuse s'anima, rugissant, et la foule s'éparpilla alors que Sonny rejoignait la route en brûlant de la gomme.

A mi-chemin de la vallée, la route bifurquait dans deux directions.

– A gauche ou à droite? demanda Sonny.

– Peu importe, marmonna Jake. Ça descend des deux côtés. Tu aurais dû gagner ce combat, Sonny.

– Ils m'ont arnaqué.

– Tu t'es arnaqué toi-même, lança Jake.

Il remit le Colt sous le tableau de bord.

– Tu n'as pas gagné. Tu n'as pas eu ton fric. Et le pire, c'est que tu leur as donné l'occasion de dire qu'on est une bande de sauvages incapables de respecter les règles.

– C'est eux qui ne les ont pas suivies, répondit Sonny.

– C'est pas eux, nos profs. C'est nous.

Il regarda Sonny.

– Tu as laissé le mauvais esprit prendre le pouvoir sur toi.

– Le mauvais esprit, c'est ça!

Le monstre s'éveilla.

– J'en ai marre de tes radotages d'Indien.

Il regretta sa repartie avant même qu'elle soit sortie de sa bouche.

– Tu n'as pas de contrôle.

– Pour quoi faire ?

– Pour toi. Pour ton peuple.

La voix de Jake était triste.

– Tu es le dernier de la lignée des Messagers Valeureux.

– Et toi, tu bouffes des contes de fées !

La bouche de Jake se ferma brutalement. Sonny sentit qu'il ne parlerait plus de la soirée.

« Ça va, vieux, pensa-t-il. Y a plus rien à dire. En tout cas, je sais ce qui me reste à faire. »

2

Il sauta de sa couchette une heure avant l'aube, tout habillé à part les bottes. Les chiens de la casse de Jake n'aboyaient plus. A l'heure qu'il était, ce dernier devait dormir devant la télé. Sonny n'avait pas fermé l'œil, mais jamais il ne s'était senti aussi éveillé.

«Je me barre. Je me tire enfin de ce trou.»

Il enfila ses bottes vertes en cuir repoussé. Il avait la bouche sèche et mal au ventre. «Tant mieux. Ça veut dire que je suis prêt.» Il pensa aux récits que Jake faisait des chasses et des grandes batailles du passé, quand les guerriers, surgis de l'obscurité, remerciaient le Créateur des craintes qui les rendaient hypersensibles et maîtres de leur corps. Les meilleurs des guerriers, les Messagers Valeureux, arrivaient à sentir le souffle de leur proie à plus d'un kilomètre, mais ils étaient surtout capables de ralentir suffisamment les battements de leur cœur pour qu'un ennemi éventuel les prenne pour morts.

« Allez, Sonny, fini les contes de fées. Tout ça, c'est exactement le genre de conneries de Peau Rouge qu'il faut laisser tomber. »

Il tapota le portefeuille coincé dans une poche arrière de son jean, enchaîné pour plus de sécurité à un passant de sa ceinture. La bosse qu'il formait l'avait réconforté toute la nuit. Il était déformé par les formulaires d'enrôlement militaire, l'argent qu'il avait économisé sur ses combats de saloon, sans oublier la carte où étaient notées les coordonnées de sa mère à New York. Cette fois, il allait lui faire signer l'attestation d'accord de l'armée. S'il le fallait, il lui tendrait un piège. Plus que quelques heures. La liberté.

Il ouvrit la fenêtre, jeta son sac à dos en daim dans la cour et le suivit aussitôt en sautant dans la nuit claire et fraîche. Des étoiles scintillantes se détachaient sur un ciel de velours noir. « En ville, pas d'étoiles… Ça me va ! » Il prit une profonde inspiration. « Vas-y, tente ta chance, Sonny. »

Il s'éloigna au pas de course de la petite maison

de bois. L'herbe amortissait le bruit de ses pas, on n'entendait que sa queue-de-cheval qui claquait contre le sac à dos. La première chose que feraient les coiffeurs de l'armée serait de couper ces cheveux. Bon débarras.

Quand il arriva à la route, il jeta un coup d'œil en arrière. Hormis la lueur bleutée du poste de télévision de Jake, la maison était plongée dans le noir. Il imagina le vieux, endormi dans son fauteuil. Jake avait trop d'angoisses et de douleurs pour dormir dans un lit – il avait besoin de dormir assis.

« Il me manquera pas. Personne me manquera dans cette Réserve minable, surtout pas un vieux fou qui attend que le retour du bison. Les Messagers Valeureux ! Si jamais ils ont existé, c'était sans doute une bande de clodos et d'alcoolos. A part Jake, je n'ai jamais entendu personne en parler.

« De toute façon, je parle jamais à personne. Jake, isolé comme il est dans un coin de la Réserve, tout seul avec ses chiens décharnés et sa casse de bagnoles, forcément, les gens viennent seulement quand ils cherchent une pièce. Dès que j'ai quitté le lycée, j'aurais dû tout plaquer. Aller n'importe où. Je n'aurais pas dû promettre à maman d'attendre qu'elle revienne me chercher.»

Sonny remonta les bretelles de son sac à dos et partit en petites foulées tranquilles qui l'amèneraient à la gare routière de Sparta en une heure. Il marchait au milieu de la route non pavée. Pas de circulation si tôt le matin. Concentré sur le rythme, il sentait les muscles de ses jambes s'étirer et s'échauffer. Ses bras se balançaient librement. Une agréable brise de nuit lui caressait les lèvres et les paupières.

La douleur de l'uppercut que Hoffer lui avait flanqué hors-jeu n'était plus qu'une lointaine courbature. C'était presque un plaisir de la sentir. «Merci, Boucles d'Or, si tu n'avais pas fait ça, je ne serais peut-être pas sur la route à l'heure qu'il est; peut-être que je ne me serais jamais décidé à me tirer de ce trou. Et cette fois, pour de bon.

«Pendant dix-sept ans, toute ma vie, elle n'a pas arrêté de me ramener dans cette Réserve à la con quand les choses tournaient mal pour elle, autant dire tout le temps. C'était toujours pour une semaine, mais qui donnait un mois, pour un été qui se rallongeait en une année. Maman disait toujours:

"Ne t'inquiète pas, Sonny, ce n'est qu'une petite pause dans le grand marathon, on va très vite trouver l'endroit qu'il nous faut, mais d'abord, j'ai besoin de ressourcer mon âme, de fouler la terre bénéfique, de respirer l'air pur, de discuter avec des personnes, des vraies, avant qu'on retourne affronter le monde."

«Le monde, lui, il nous renvoyait toujours à grands coups de pied à la Réserve. Syracuse. Santa Fé. Quitter l'école, quitter mes copains. Chaque fois qu'elle n'arrivait pas à voir clair dans sa vie ou à vendre ses bijoux, elle faisait ses bagages pour mieux reprendre le chemin de la Réserve. Comme ça, on a quitté Brooklyn, Minneapolis, Santa Cruz. Pourquoi se fatiguer à se faire des amis? Il y avait toujours de la place chez oncle Jake – il nous hébergeait, il nous donnait à manger. Alors, au bout de quelque temps, elle décollait une fois de plus et bien entendu elle me laissait là. "Juste quelques semaines, Sonny, elle disait, donne-moi quelques semaines, Sonny, je t'enverrai chercher... Il y a une galerie dans Soho, à New York... ils adorent les boucles d'oreilles." Il y a six mois.»

Penser à sa mère lui émoussait les sens. Il ne prit

conscience des vibrations qui couraient sous ses pieds que lorsque la camionnette lui arriva dessus, ombre lancée à toute vitesse, sans phares. Les pneus crissèrent tandis que le camion faisait demi-tour avant de s'arrêter dans une tempête de gravillons.

– Sonny!

Jake descendit de la cabine avec des mouvements ankylosés. Il portait le tee-shirt et le caleçon dans lesquels il dormait. Au clair de lune, ses vieilles jambes étaient aussi maigres que des perches.

– Où tu vas?

– A New York. Elle va signer les papiers cette fois.

– Elle ne le fera pas, Sonny.

Jake avait la voix fatiguée.

– Va falloir que tu attendes d'avoir dix-huit ans.

– Je peux pas attendre.

– Sois pas idiot, Sonny. Elle a perdu son père et son frère à l'armée, elle va pas...

– Et mon père aussi. Y a que les Indiens qui comptent?

– Il a pas été là assez longtemps pour compter.

Les fausses dents de Jake s'entrechoquèrent.

« Ça lui a cloué le bec. Son point faible. Maman a toujours été sa nièce préférée, c'était la chouchou de tout le monde : intelligente, belle, bourrée de talent et par-dessus le marché la première fille à quitter la Réserve pour aller dans une fac de Blancs top niveau. Et puis il a fallu qu'elle ait un enfant avec un Blanc. Chaque fois qu'ils me regardent, c'est de ça qu'ils se souviennent. »

– Reviens, dit Jake.

– Je m'en vais.

– J'ai peut-être été trop sévère avec toi, Sonny.

– C'est pas toi, Jake. Il faut que je le fasse.

Il se rendit compte subitement que le vieux allait lui manquer.

– Je vais te conduire à Sparta.

– Je peux y aller à pied.

– Ça te fera prendre un car plus tôt. Tu seras plus vite à New York.

Le vieux avait l'air triste.

– Pourquoi pas ?

Sonny desserra la sangle de son sac à dos et le jeta à l'arrière de la camionnette. Il grimpa dans la cabine.

Jake attendit pratiquement d'être sorti de la Réserve pour demander :

– Tu crois que ça sera différent à l'armée ?

– Ça sera autre chose qu'ici.

– Faudra quand même que tu t'entendes avec les gens, que tu suives les règles, que tu te contrôles.

– Je suis assez grand pour me débrouiller.

– Peut-être...

Le ton de sa voix était dubitatif.

– En quoi ça sera différent du football ?

– C'est l'entraîneur qui ne m'aimait pas.

– Il n'aimait pas que tu casses la gueule aux autres.

– Moi, personne me marche sur les pieds.

– Chacun encaisse ce qu'il doit encaisser jusqu'à ce que son heure vienne.

– C'est peut-être comme ça chez les Peaux Rouges. Pas chez moi.

Jake grogna et quitta le chemin de terre de la Réserve pour s'engager sur la voie rapide bétonnée du comté. Ils ne dirent plus un mot avant d'apercevoir les lumières de Sparta à l'horizon.

– Jamais un homme n'est devenu un Messager Valeureux sans avoir fait un voyage dangereux. C'est peut-être ça le tien.

– C'est fini les vieilles histoires, Jake.

– Dans la forêt, en ville, c'est pas le problème. Faut survivre, devenir fort comme le bison, rapide comme le daim, sage comme la chouette. Etre un dirigeant pour ton peuple.

– Vends ça à Hollywood!

Ils venaient d'entrer dans Sparta. Jake s'arrêta au premier feu rouge qu'ils rencontraient depuis le début du trajet. Il se tourna vers Sonny.

– Il faut que tu suives le faucon.

– Je le chercherai dans l'annuaire.

– Trouve le faucon en toi, alors tu le libéreras et tu pourras le suivre.

Au feu vert, Jake tourna le coin de la rue. Un car Greyhound était en stationnement à la sortie de la gare, le moteur au ralenti. Le chauffeur chargeait les bagages.

– Bonne chance, Sonny. Tu peux toujours revenir.

– Faut quand même pas que ça t'empêche de dormir, lança Sonny en sautant de la camionnette. Merci de m'avoir amené.

Le temps qu'il ressorte de la gare avec son ticket, Jake était parti. Le chauffeur le dévisagea de la tête aux pieds, notant le bandeau de perles, la queue-de-cheval et la chemise de jean brodée.

– Pas de bibine dans mon bus, annonça-t-il d'une voix dure.

– J'en ai pas.

– Alors on n'aura pas de problèmes, petit.

Il poinçonna le ticket.

« Plus on est près de la Réserve, plus ils détestent les Indiens. » Pendant une heure à peu près, il le savait, personne n'allait vouloir s'asseoir à côté de lui. Après, tout le monde aurait envie de s'asseoir à côté d'un Indien, surtout les gosses. Il grimpa dans le bus plongé dans la pénombre et choisit une place dans le fond, près de la vitre.

Il ouvrit son sac à dos pour prendre son magnéto et son casque. Il tomba sur son carnet de croquis, avec la boîte de crayons et de fusains. Il les avait rangés en dernier dans son sac, sans vraiment savoir s'il avait envie de les emporter ou non.

« Laisse-les... Ça, c'est le vieux Sonny trouillard, piégé dans la Réserve, celui qui se cache sur les banquettes arrière des épaves pour dessiner des oiseaux et des feuilles d'arbres... Et même des Messagers Valeureux, quelquefois ! »

En fin de compte, il avait décidé de prendre le carnet, mais de le jeter aussitôt arrivé en ville. Il n'avait pas envie de le laisser traîner pour que celui qui le trouverait puisse dire partout: «Regardez ce qui se passe dans le crâne de ce branque de métis!»

Il glissa une cassette des Grateful Dead dans le magnéto. C'était le groupe préféré de son père, à la fac, quand il avait rencontré sa mère.

Il s'endormit avant la fin de la première face.

3

Sonny descendit du car et reçut la ville en pleine figure. Explosion de corps en mouvement, de bruits insolites, vapeurs de diesel, crasse étouffante, chair malsaine. Jake disait toujours : « Quand tu vas dans les bois, trace-toi d'abord un chemin avec les yeux. »

Il repéra un jeune mec maigrichon au teint cannelle, sorti mine de rien d'un coin d'ombre pour lui barrer la route.

– Bienvenue dans la Grande Pomme !

Il voulut lui taper dans la main. Sonny le dédaigna.

– Bon réflexe. Touche jamais un étranger. C'est des sages, les mecs de ton peuple. Tu viens de quelle tribu ?

Sonny grogna et continua à marcher vers l'autre bout de la gare routière, sans ralentir.

Chaque fois que ses bottes frappaient le sol de marbre, sa queue-de-cheval battait en rythme. Le type le suivit en sautillant dans ses baskets blanches sans lacets. Sonny l'observa du coin de l'œil. Il portait une casquette ronde de cuir marron sur une touffe de cheveux orange taillés en brosse. Son corps se perdait dans un tee-shirt anti-apartheid et un bermuda écossais. Il avait une canne de marche, une espèce de gourdin épais, noueux, soigneusement poli, muni d'une pointe d'acier et d'une tête de serpent en ivoire à l'autre extrémité. Un sac de cuir noir pendait à son épaule. Il arrivait à peine au menton de Sonny. Il avait peut-être dans les quatorze ans.

– Parle jamais à un étranger qui pourrait te faire dire ce que tu n'as pas dit. C'est le bon réflexe. Pas étonnant que les ethno-américains comme vous aient survécu.

– Dégage, lança Sonny, hargneux.

Il allongea le pas pour semer ce petit merdeux. « C'est peut-être les bois, mais c'est pas moi qui chasse ici. »

– Hé, toi, le nouveau !

Sonny fut aspiré par le tourbillon d'un sourire

fluorescent. Sous le masque de son maquillage criard, la blonde qui l'avait appelé ne manquait pas de douceur. Il ralentit pour la laisser le rattraper.

– Fais pas gaffe à Stick. Il se prend pour le capitaine du Port !

– Je fais comité d'accueil, c'est tout, Doll.

– Et qu'est-ce que tu dirais de nous payer un truc pour le petit déj', Mister Comité ?

Doll fit un clin d'œil à Sonny. Il se sentit tout chaud, la tête à l'envers. C'était elle ou l'allusion à la nourriture ? La dernière fois qu'il avait mangé, c'était la veille, avant le combat. Il était près de quatre heures de l'après-midi.

– Ho ! marmonna Stick. Vous êtes des escrocs, les mecs !

Il posa une main tentaculaire sur le bras de Sonny. Avant que celui-ci ait pu s'en dégager, Doll se pendait à sa manche droite. Comme les bons pagayeurs évitent les rochers dans les rapides, ils lui firent traverser la foule de la gare, contournant les mendiants titubants, les enfants braillards et les touristes en nage. Stick se servait de la tête de serpent de son gourdin pour écarter les gens sur leur passage. Avant d'avoir compris comment, Sonny se retrouva planté entre Stick et Doll devant une table haute, à l'extérieur d'un magasin de beignets.

– Le myrtille, c'est le top, mon frère, lui dit Stick en claquant des doigts pour appeler Doll. Et prends-nous un grand jus d'O. glacé. Avec ce temps d'enfer, il faut s'hydrater et prendre des vitamines.

Il regarda Doll qui filait vers le comptoir.

– T'as un ticket avec la princesse. D'habitude elle est vachement timide avec les inconnus.

Sonny fit glisser son sac en daim et le laissa tomber entre ses pieds. Il le serra entre les talons de ses bottes. « Personne ne va me tirer ce truc-là. Tu crois que je suis nul à ce point-là, la fouine ? » Il toucha le portefeuille qui gonflait la poche de son jean. Rappeler sa mère dans une minute. Il avait essayé d'avoir le numéro chaque fois que le car avait fait une pause. « Cette fois, si ça ne répond pas, je n'aurai qu'à aller à Soho, je trouverai bien où c'est. Mais en attendant, ça ne m'empêche pas de manger un peu à l'œil pour voir ce que ces racoleurs ont à raconter. »

– Première fois que tu viens à New York ?

– Non.

Les seuls souvenirs qu'il en avait, c'était les photos qu'il avait dans ses bagages : devant un magasin de jouets sur la Cinquième Avenue, il est dans les bras de son père en uniforme, juste avant son départ pour le Vietnam ; lui, au milieu des cousines mohawk de sa mère avec leurs chapeaux droits à grandes épingles, devant un stand de bijoux à la foire d'artisanat de Brooklyn, ses petits bras couverts de colliers et de bracelets.

– New York City ! Si tu t'en sors ici, tu es capable de t'en sortir n'importe où, s'écria Stick en brandissant son bâton vers les foules de gens qui déferlaient et refluaient sur le quai du terminus. Et toi, mon frère, je te verrais bien réussir ici.

– Tu veux quoi au juste ?

C'était parti comme ça, il n'avait pas voulu que ce soit aussi dur. Trop dur. Comme s'il avait peur de ce mec.

Stick sourit. De près, il avait l'air beaucoup plus vieux que Sonny ne l'avait d'abord cru. Au moins dix-huit ans.

– Bon réflexe. Je savais que t'étais pas abruti. Tu pourrais être chef, toi !

– Chef de quoi ?

– De la rue!

Cette fois son geste engloba les silhouettes et les couleurs qui tourbillonnaient de l'autre côté des baies vitrées de la gare routière.

– De quoi tu parles?

Sonny essaya de ne pas paraître trop intéressé.

– Tu es grand, fort, tu n'as pas le même look que les autres. Un type comme toi, les gens vont se l'arracher. Normal. Tant que t'y trouves ton compte...

– Et voilà!

Doll fit glisser un plateau sur la table et leur servit à chacun un chausson aux myrtilles sur une serviette et du jus d'orange. Elle s'était acheté un éclair au chocolat et un café.

– Je peux te trouver un truc à faire, continua Stick. J'ai besoin d'un flingue.

– Un garde du corps, si tu préfères, expliqua Doll en effleurant le bandeau de Sonny. C'est vachement cool, ce truc. Comment tu t'appelles?

– Sonny.

Elle lui tendit une main chaude et moite.

– Doll, c'est mon nom dans la rue. En fait, je m'appelle Heather... Sans déconner!

Elle pouffa de rire. Sous la poudre, elle avait les joues et le nez constellés de taches de rousseur. « Elle est vraiment plus jeune et plus douce qu'elle en a l'air. »

– Tu sais où crécher ?

– Ouais.

« Avec un peu de chance, je serai bientôt dans une caserne. »

– Le Deuce pourrait être à toi, reprit Stick.

– C'est la 42e Rue, précisa Doll.

– Ouais, le Deuce, le Doofer, continua Stick. Carrefours du monde, ici les caves se font cueillir par l'élite de la matraque, les rois de l'arnaque.

– Dans la rue, tu peux être libre, tu as le droit de faire ce que tu veux.

– Normal. On n'a pas quelqu'un sur le dos 24 sur 7 par 365.

– Il veut dire vingt-quatre heures sur vingt-quatre, sept jours sur sept, trois cent soixante-cinq jours par an.

– Le Chef Sonny le savait. On parle la même langue.

Sonny hocha la tête et Doll lui fit un sourire. Il

Il sentit sa jambe frôler la sienne sous la table. Il se demanda si c'était un accident. Elle mangeait avec beaucoup de précautions et de délicatesse. Petites bouchées de beignet, petites gorgées de café, sans un bruit. Du bout de sa serviette, elle essuya une miette au coin de ses lèvres rouges et charnues. Elle se pencha et sa chemise s'ouvrit. Il aperçut sa poitrine, douce et laiteuse, couverte de taches de rousseur. Il se demanda à qui, de Hoffer ou de Doll, il devait la chaleur qui palpitait entre ses jambes. « Vaut mieux que je fasse ce que je suis venu faire avant d'oublier. »

– Faut que je passe un coup de fil.

– Je t'invite, dit Stick.

Il fouilla son sac de cuir noir et en sortit un téléphone portable.

– J'espère que t'appelles pas des potes à Tokyo !

– Soho.

Il tira de son portefeuille la carte des coordonnées de sa mère.

Stick donna une chiquenaude sur l'interrupteur et garda le téléphone tandis que Sonny tapait le numéro. On entendit le signal occupé. Stick appuya sur un bouton.

– La mémoire… Ça va faire le numéro jusqu'à ce que ça décroche.

– Ça bouge à Soho, s'écria Doll. Les galeries, tout ça, et puis les fringues, démentes ! Tu vois Stick, je te l'avais dit que c'était un artiste. C'est pas vrai ?

Quelque chose dans la voix de cette fille lui donna envie de dire oui.

– Ben, si on veut, pas vraiment…

– Tu vois !

Elle tourna le dos à Stick. Ses yeux marron brillaient. C'était de petits yeux vifs, des yeux d'oiseau qui picote.

– C'est moi qui t'ai repéré la première.

– C'est pas des histoires, confirma Stick.

Le téléphone cliqueta sept fois et fit entendre le bourdonnement du signal occupé. Stick le posa sur la table.

– Les communications, le moteur de l'ère moderne.

« Un dealer. Il doit essayer de me vendre de la dope. »

– L'art, j'adore, continua Doll. Tu sais pas ? J'ai fait de la poterie…

Elle remua ses doigts terminés par de faux ongles noirs décorés de petites étoiles.

Une espèce d'épouvantail arriva en traînant la patte, secouant une tasse en carton sale.

– Une petite pièce?

Doll fronça les narines à cause de l'odeur, et Stick le rembarra.

– De l'air!

Le mendiant commença à parler, regarda de plus près la tête de serpent et partit en se traînant. Sonny fut surpris par le masque de dureté qui s'était glissé sur le visage de Stick.

– Tu sais, le Port, ça peut être bizarre quelquefois. Il te faut des amis, des yeux en plus. C'est une jungle de glandus et de sangsues. On peut faire confiance à personne, ni sur le Port, ni sur le Deuce. Surtout pas à la smala des keufs.

– Les flics, expliqua Doll.

– Ils se croient tout permis à cause de leur ferraille.

– Leur plaque.

– Y a un de leurs patrons qui a décidé de consacrer sa vie à me faire tomber, continua Stick en se tapant le front. Ce mec est branque!

– Le sergent Alfred Brooks, confirma Doll en hochant la tête. Je te le montrerai un de ces jours. Faut faire attention à lui.

– C'est peut-être lui qui doit se méfier de moi…

– On verra peut-être ça plus tard, Stick…

Doll fit un gros clin d'œil suivi d'un léger mouvement du menton.

– T'as raison. La suite au prochain épisode, Chef Sonny.

Stick glissa le téléphone dans son sac.

– Amène-le chez moi ce soir, Doll.

Sonny sentit de l'agitation autour d'eux ; des grands types, des Noirs et des Blancs, qui bousculaient les gens sur leur passage.

Stick fila dans la foule, voûté sur sa sacoche, déblayant le passage avec la tête de serpent. Il disparut.

– T'en fais pas, Sonny… Reste cool, quoi qu'il arrive.

Le monstre palpita lorsque les hommes, une demi-douzaine à peu près, en jeans et chemise à carreaux, entourèrent la table. Il pensa aux grandes gueules du saloon.

– Où il est allé, Dolly ? demanda l'un d'eux.

– Il était en retard pour la messe, répondit-elle suavement.

– Très drôle. Embarquez-la !

Doll s'écarta de la table. L'un des hommes essaya de l'attraper. Sonny lui rejeta le bras d'un revers.

– Reste en dehors de ça, Tonto*.

Un autre type tentait de s'emparer de Doll.

Sonny lui frappa le bras du tranchant de la main et le poussa en arrière en lui tordant l'avant-bras sur la poitrine. Il bloqua le passage le temps que Doll se faufile dans la foule.

– C'est bon, petit gentleman, ça suffit, c'est fini.

Des mains sur ses épaules. Derrière lui, il aperçut un visage noir.

Il pivota et planta un crochet du gauche, court et nerveux, sur une mâchoire noire et barbue.

Alors que l'homme s'écroulait, il aperçut la plaque qui pendait à son cou au bout d'une chaîne. Un flic !

Des matraques lui cognèrent les jambes et les

* Idiot, demeuré, en espagnol.

épaules. L'une d'elles s'écrasa sur sa nuque. Il tomba sous une masse de corps. C'était comme au football. « Ouais, c'est pareil qu'au foot, Jake, moi, personne me marche sur les pieds, c'est ça, encaisse jusqu'à ce que ton heure arrive. »

Fin de jeu.

4

Il ne perdit pas conscience une seconde. Il traversa à la nage des tunnels d'obscurité et des flaques de lumière. On le secoua pour le relever, on lui fit monter un escalier en le portant à moitié, avant de le jeter dans une petite pièce qui puait la sueur et la cigarette. Il eut un haut-le-cœur. Une lumière éblouissante l'aveugla. Un infirmier déclara :

– Ça va aller.

– C'est solide, les Peaux Rouges.

Des officiers de police emplirent la pièce.

– Suffit de voir ce qu'ils ont fait à Custer...

– Vous avez vu ce qu'il a fait à Brooks !

Les flics éclatèrent de rire et s'attroupèrent autour de lui. Il sentit une demi-douzaine de mains lui tapoter le corps et parcourir ses jambes. Il chercha son portefeuille. Sa poche arrière, vide, était déchirée. Le passant de la ceinture aussi. Qui avait le portefeuille ? Les flics ? Doll ?

– C'est quoi ton nom, Tonto ?

Il se concentra pour ralentir sa respiration. Il avait la vue brouillée par la sueur, mais il réussit à voir que la pièce n'avait pas de fenêtres. Elle était nue, exception faite d'une table, de deux chaises et d'un grand miroir posé contre le mur opposé à la porte. Trop de monde entre la sortie et lui.

Des voix le bombardèrent.

– Résistance à l'arrestation.

– Coups et blessures sur un officier de police.

– T'es dedans jusqu'au cou, Geronimo.

Des visages menaçants, blancs et noirs, passaient devant lui.

– Tu veux aller en prison ?

– Tu vas te faire scalper par les deux bouts, en tôle.

Ses mains se crispèrent et il serra les poings. « Cool, prends sur toi. » Mais le monstre était déjà dans sa poitrine.

– Alors, comment tu t'appelles, d'où tu es ?

Le visage du flic dansait à sa portée. D'abord une droite franche, après, un crochet. Il commença à lever les poings. Se faire envoyer en prison ou à la Réserve, quelle différence ?

Alors la porte s'ouvrit violemment.

Une voix froide et dure retentit.

– A ta place, petit gentleman, je penserais même pas à lever les mains.

Les flics se bousculèrent pour libérer le passage. Un Noir trapu entra, l'air important. Il frottait une boîte de soda glacée contre sa mâchoire.

– Mets les mains dans tes poches, petit gentleman, avant de foutre complètement ta vie en l'air.

Sonny ouvrit les mains et les laissa retomber.

– Laissez-moi avec cet imbécile.

– Sergent Brooks, ce gosse est...

– Pathétique, je sais... Partez.

Il balança la boîte de soda à l'un des flics et attendit qu'ils aient tous vidé la pièce. Il ferma la porte d'un coup de talon.

– Pathétique, voilà ce que tu es. Tu descends du car, un quart d'heure après, tu t'es offert la totale new-yorkaise. Tu as tout vu. Tu t'es laissé cueillir par deux racoleurs qui t'ont tiré ton sac et ton portefeuille. Après ça tu as fait foirer une descente des stups... Ça doit être un record !

Sonny examina Brooks. Il n'avait pas l'air branque, après tout. Il n'avait pas l'air de grand-chose. Il n'était ni particulièrement grand, ni très musclé. Un début de bedaine tendait son polo. «Je pourrais le sortir. Il doit avoir un revolver sanglé à la cheville sous son jogging. Mais avec un bon punch, j'aurais le temps de filer. D'arriver jusqu'à la rue. Le Deuce. Après, je file à Soho.»

– Je vais te dire à quel point tu es bête, petit gentleman. Tu es en train de te dire que tu serais parfaitement capable de me passer à travers.

Brooks secoua la tête.

– Ce boulot me dégoûte et j'en ai ma claque des imbéciles dans ton genre.

Il soupira, ferma les yeux et appuya la tête contre le mur.

– Pourquoi tu es parti de chez toi?

Sonny haussa les épaules.

– Je t'entends pas!

Il avait toujours les yeux fermés. Sonny se demanda s'il le mettait au défi d'essayer de s'échapper.

– Tu t'es fait virer?

– Non.

– Quelqu'un t'a forcé à avoir des relations sexuelles ?

– Non.

– Alors, pourquoi tu t'es enfui ?

Sonny lâcha un grognement inaudible.

– Je t'entends pas ! Pourquoi ?

– Pour partir.

– Pourquoi ?

Alors, c'est sorti, comme ça.

– Pour être quelqu'un.

Les yeux de Brooks s'ouvrirent.

– Quoi ?

– J'ai envie d'être quelqu'un.

« Pourquoi je parle avec lui ? »

Brooks se redressa.

– Tout le monde est quelqu'un.

Sa voix n'était plus aussi froide et dure.

– Tu es d'où ?

– Du Nord.

– Où ça dans le Nord, et dans quel État ?

Sonny secoua la tête. Ses réponses allaient le faire atterrir à la Réserve.

– Je ne veux pas te coffrer. Je veux juste te voir hors de ma juridiction, dans un car qui te ramène chez toi. Tu piges ? Alors, comment tu t'appelles et d'où tu viens ?

– C'est pas important. C'est ici que je suis maintenant.

– Je suis le sergent Brooks. Je peux t'aider. Comment tu t'appelles ?

Le regard de Brooks était plus chaleureux qu'il ne l'aurait pensé. Mais Sonny secoua la tête. Il ne retournerait pas à la Réserve. « Faut que j'aille à Soho. Trouver maman. Difficile maintenant, sans son téléphone et son adresse. »

– Ton crochet gauche est efficace. Tu as déjà boxé ?

Sonny hocha la tête.

– En pro ?

– Pas vraiment.

« Fais attention. Te laisse pas embobiner, lui donne pas d'informations. » Mais il avait envie de parler à cet homme.

– Alors, comment ça va ?

Brooks souriait. Sa voix était amicale.

« On peut faire confiance à personne sur le Port, sur le Deuce non plus. Surtout pas à la smala des keufs. »

– Je t'ai parlé. Comment ça va?

Le monstre murmura: «Assez bien pour te filer une beigne, espèce de sale keuf.»

– Réponds-moi, petit gentleman.

– Ça va assez bien pour te filer une beigne, sale keuf!

Le sourire de Brooks se figea. Il hocha la tête.

– On dirait Stick. Epatant, tout ça, petit gentleman! C'est toi qui l'as voulu.

Il agita le pouce en direction de la porte.

– Tu es libre, va-t'en.

– Comme ça?

– Comme ça! Sors avant que je change d'avis.

Les flics plantés à la porte le lorgnèrent jusqu'à l'escalier, mais pas un ne fit un geste. Il se dépêcha de descendre pour gagner les portes principales de la gare routière. Il n'avait aucune idée de ce qu'il allait faire. Il n'avait pas d'argent. Mais il savait qu'il devait sortir de là.

Il ne s'attendait pas à se retrouver dans le vacarme des embouteillages sous les lumières aveuglantes de la rue. Il ne fut pas moins surpris de sentir des ongles pointus se planter dans son bras.

Il arma son poing et fut aspiré par le tourbillon du même sourire fluo.

– Oh, Sonny ! Tu vas bien ! J'étais si inquiète…

5

Ils marchèrent sur le Deuce, sans se presser. Les gens les dévisageaient comme s'ils étaient quelqu'un, justement. Doll à son bras, il se sentait fort, détendu. Il n'avait jamais eu jusque-là de copine qu'il était fier de montrer, aussi étouffait-il du plaisir de parader. Elle avait la tête haute comme si elle le sentait, d'ailleurs.

– Doll !

Un homme plus vieux qu'eux, dans les quarante ans, plus grand que Sonny, un cou de taureau chargé de chaînes en or, sortit d'une salle de jeux vidéo.

– Plus tard, Mo.

Le corps de Doll s'était raidi et Sonny lui trouva une petite voix.

– Il faut que je te parle !

Doll pressa le pas jusqu'à ce qu'ils l'aient dépassé.

– C’est rien, Sonny, un type qui me gonfle, c’est tout.

Il sentit que ce n’était pas tout, mais la rue le captivait. Il n’avait jamais rien vu d’aussi crasseux ni d’aussi moche, une telle puanteur, et surtout tant de vie.

Le rock ultrapuissant des magasins de disques faisait la guerre des décibels aux vibrations du rap et de la salsa des ghettos blasters gigantesques. Des prêcheurs de trottoir leur hurlaient de trouver Jésus s’ils ne voulaient pas finir en enfer. Des Noirs en tee-shirts secouaient des sacs en plastique :

– Hep, crack, joints, alcool, acides !

Doll appelait certains d’entre d’eux par leur nom. Ils lui faisaient un signe de tête et dévisageaient Sonny.

– Tu as faim ? Je connais la meilleure pizza de Times Square !

Elle l’entraîna dans la petite salle d’une pizzeria coincée entre un cinéma et un magasin de souvenirs. *La Grotte* de Chub se réduisait à un comptoir le long d’un mur de fours et de pompes à soda. Ni tables ni chaises.

– Écoute ça…

Doll gloussa de rire.

– C'est comme ça que j'appelais mes chiens quand j'étais petite.

Elle enfonça ses doigts minuscules dans sa bouche et lança un sifflement strident.

– Salut, Chub, pas de messages pour moi ?

Un homme extraordinairement gros, sans autre vêtement sur son torse nu qu'un tablier blanc taché de sauce tomate, arriva de l'autre bout du comptoir en se dandinant. Des serpents et des aigles tatoués se frayaient un chemin à coups de dents et de griffes pour escalader les reliefs charnus de ses bras et de ses épaules.

– Si ça continue, tu vas me foutre les oreilles en l'air, Dolly.

Il avait une voix haut perchée. Il se pencha sur le comptoir pour observer Sonny.

– J'adore tes fringues.

– Mon ami, Sonny…

Elle lui pressa le bras.

– Cette ceinture est magnifique, continua Chub. Et ce bandeau, quel raffinement.

Il avait oublié qu'il les portait encore.

– Oui, mais chez Sonny, c'est réel, dit Doll.

– On est tous réels, répondit Chub. Tu te croyais à Disney World?

– Je veux dire que c'est pas seulement ses fringues. C'est un Indien, un vrai.

Elle leva les yeux vers Sonny.

– Tu es indien, non?

– Ouais.

«Plus on va loin de la Réserve, plus ils vous aiment.»

– Apache? Cherokee? demanda Chub, l'air sérieux. Je suis un mordu de western, si tu veux. J'ai lu tous les Louis L'Amour.

– Moscondaga, dit Sonny.

– Ouais, c'est ça, je comprends.

Chub hocha la tête comme s'il avait entendu parler de cette Nation.

– Bienvenue sur le Deuce!

– Deux pizzas poivrons, supplément de fromage, dit Doll.

Chub s'éloigna en se dandinant.

– C'est moi qui invite, Sonny. Stick n'a jamais rien à manger chez lui, vu qu'il mange presque pas.

– Tu passes beaucoup de temps là-bas?

– Pas si je peux faire autrement. C'est un serpent, ce mec.

Elle fronça le nez.

– Je croyais que vous étiez...

– Tu plaisantes ?

Les yeux au ciel, elle était si mignonne qu'il eut un petit coup à l'estomac.

– Règle numéro un dans le Port ou sur le Deuce, ne fais confiance à personne. Règle numéro deux, surtout pas à Stick et à Brooks.

– Je l'ai trouvé pas si mal, le sergent Brooks.

Il se demanda pourquoi il le défendait.

– Dis pas ça devant Stick.

– Voilà, les gosses, spécialité de la maison, annonça Chub en plaquant deux triangles flasques et graisseux sur le comptoir.

Il avait déjà mangé de la meilleure pizza à Sparta, mais il était tellement remonté que ça ne faisait rien. Les douleurs et les courbatures étaient loin maintenant, étouffées par l'excitation. Il était dans le monde réel à présent, tout seul.

– Pas de courrier, dit Chub, mais j'ai entendu dire que Mo tabassait Trini et qu'elle s'était cassée.

– Oh, non, gémit Doll. Elle allait m'aider pour Jessie.

– Personne n'arrive à la trouver.

– Elle a pas une sœur à Jersey ?

Sonny regarda Doll mordiller sa tranche de pizza aussi délicatement qu'elle avait mangé son éclair au chocolat à la gare routière. Il n'y avait pas plus d'une heure de ça, avant qu'il flanque Brooks par terre, avant de perdre tout ce qu'il avait. Douze heures plus tôt, allongé sur son lit, il pensait au gros fermier, à Jake et à sa mère, il complotait son évasion du no man's land. Et maintenant il se retrouvait au cœur des choses.

– Mo va être malade quand il va savoir que Trini s'est tirée, dit Chub.

– Peut-être qu'il le sait déjà, dit Doll. Il m'a dit qu'il avait besoin de me parler.

– Tu ne retournes pas là-bas ?

– Pas si j'arrive à trouver de quoi le rembourser.

Les yeux de Chub passèrent sur Sonny. Celui-ci pigea le coup. Il ne savait pas comment, mais il était déjà impliqué dans les plans de Doll. Il sentit sa peau fourmiller.

Pendant un moment, il écouta Doll et Chub raconter des ragots sur des gens qui étaient en désinto ou en prison, des mecs qui avaient fait un casse et s'étaient acheté des fringues, d'autres qui étaient séropositifs. Il se désintéressa de la conversation. Il observa la serveuse de Chub, une minuscule Asiatique qui s'agitait d'un bout à l'autre du comptoir. Elle plaquait des pizzas devant des touristes étrangers en sandales et en shorts, des gosses de la rue débraillés, des junkies, des mendiants qui comptaient les pièces de leurs gobelets en carton, des collégiens qui sortaient une fille et un flot continu de mecs de son âge, des Noirs au regard dur qui portaient des bips à la ceinture. Sonny devina que c'était des dealers de crack. Il en avait vu à la télé. Ils le dévisageaient tous des pieds à la tête. Il les regardait comme Jake lui avait appris à le faire avec les chiens bizarres. Le moindre signe de frayeur, ils pouvaient vous mettre en pièces rien que pour le sport. La moindre menace, ils vous sauteraient à la gorge. Mais si on les matait tranquillement, ils ne vous sauteraient pas dessus sans bonne raison. Il aurait bien voulu avoir le Colt de Jake.

Chub parlait toujours.

– Je pourrais t'aider à t'occuper de Jessie.

– C'est gentil, mais si je n'avais pas un endroit à moi ça serait trop risqué, répondit Doll. Une descente et ils me déclareraient inapte, elle se retrouverait en nourrice et je ne la verrais plus jamais.

Elle s'essuya les yeux du dos des mains. Son mascara avait coulé.

– Elle est trop mignonne, dit Chub en lui caressant le bras.

– C'est dingue ce qu'elle me manque, dit Doll en reniflant.

Apparemment ils parlaient d'un enfant. Celui de Doll ? Elle n'était pas plus vieille que lui, c'était certain, elle était peut-être même plus jeune. Elle avait quoi, seize ans ? L'idée qu'elle puisse être mère le réveilla. Il regarda la peau douce de ses bras pâles. Sous les néons de la pizzeria, le duvet de ses bras était doré. Une chaleur diffuse chassa les derniers souvenirs de l'uppercut du fermier.

Doll le poussa du coude. Il leva les yeux, intrigué. Elle fit un petit geste de la main. Il se tourna. Un des types qui portait un bip sortait de la boutique à reculons en murmurant quelque chose dans sa manche. Quand il fut dans la rue, Chub, comme si de rien n'était, partit en se dandinant vers la porte afin de lui boucher la vue sur l'intérieur.

– Un agent des stups, souffla Doll en empoignant sa main. Suis-moi!

Elle le tira derrière le comptoir avant de l'entraîner dans des toilettes minuscules. Juste à côté de la cuvette, une porte ouvrait sur la salle de jeux vidéo. Il se lança derrière elle.

La salle était bondée: des files et des files de gens voûtés sur des machines bourdonnantes qui hurlaient entre deux éclairs. Bruits de cloches, klaxons, crissements de pneus, crépitements d'armes automatiques. Sonny eut l'impression d'être entré dans les entrailles d'un jeu vidéo. Il ne lâcha pas Doll d'une semelle jusqu'à l'autre bout de la pièce, heurtant les machines et les corps comme une boule de flipper. Personne ne leva les yeux.

Ils arrivèrent devant une porte.

«ENTRÉE FORMELLEMENT INTERDITE.»

Doll l'ouvrit et l'entraîna dans la pénombre. Une lumière rouge s'alluma. Une silhouette énorme fit irruption.

– Hé, vous! … C'est toi, Dolly?

– Des ennuis, Mo. Fais-nous sortir par-derrière.

Mo verrouilla la porte et leur fit traverser rapidement un corridor obscur bordé de pièces fermées par des rideaux. Sonny pensa aux cabines d'essayage des grands magasins. Il entendit des gémissements et des soupirs. Il sentit la transpiration et l'ammoniaque. Il aperçut un homme en complet et un jeune garçon. Ils parvinrent à une autre porte. Mo leur barra le passage et se planta en face d'eux.

– Et lui, qu'est-ce qu'on fait ?

– C'est celui qui a tabassé Brooks. On essaie de semer un mec des stups qui est chez Chub.

– Qu'est-ce que ça a à voir avec toi ?

– Je l'amène chez Stick. C'est tout ce qu'il y a, Mo.

– Tu es sûre, Dolly, c'est pas encore une embrouille ?

Sonny trouva sa voix rude et implorante à la fois.

– Sur ma tête ! Okay ?

– J'ai prévu un truc pour ton anniversaire.

– C'est vachement gentil, Mo. Faut que j'y aille. Je te vois demain.

– Quelle heure ?

– Huit heures.

– Tu es sûre ?

– Promis juré.

– Juré, hein… Attention aux marches.

La porte se ferma derrière eux. Doll lui prit la main et la posa sur son épaule.

– En file indienne, lui dit-elle en pouffant.

Elle guida Sonny dans l'escalier qui donnait sur un dépôt en sous-sol. Le temps que ses yeux se soient accoutumés à la pénombre, ils avaient passé une autre porte et grimpaient un escalier de fer en spirale.

Stick les attendait en haut. Il portait un élégant peignoir de soie rouge avec un col de velours. Il avait les cheveux noirs à présent, avec un éclat cuivré. Il paraissait plus vieux, dans les vingt ans.

– Bienvenue.

Il les fit entrer dans une pièce sombre. Des ampoules rouges luisaient dans les coins. Sonny sentit un tapis épais sous ses pieds. Des enceintes fixées en l'air déversaient une cascade de musique douce. Alors qu'il s'enfonçait dans les coussins, il se rendit compte à quel point il était fatigué.

– Tu t'allonges un peu, hein ? dit Doll. Qui croirait qu'on est sous le Deuce ?

– Tu peux rester ici ce soir, Chef Sonny, dit

Stick. J'ai une dette envers toi. C'est à moi que Brooks en avait et tu t'es mis en travers.

– Moi aussi je lui dois quelque chose.

Doll s'assit près de Sonny et posa la tête sur son épaule.

– Et si on lui filait un convoyage?

– C'est pas un stage d'entraînement. J'ai besoin de mecs qui ont de l'expérience.

– Ce qu'il te faut, c'est des gens à qui tu puisses faire confiance.

– Tu veux te faire du fric? demanda Stick.

Sonny essaya de répondre avec la décontraction d'une petite frappe.

– C'est quoi le plan?

– Une livraison. Dans le New Jersey.

– Tu ne crois pas qu'ils vont le rechercher? demanda Doll.

– Bien sûr que si. Mais ils ne le toucheront pas. Brooks a libéré Sonny comme appât. Jamais il ne le chopera tant que je serai dehors. Il s'imagine que Sonny va le conduire à moi.

– Comment tu le sais? demanda Sonny.

– Je suis dans la tête de ce keuf! Dans le Port, c'est lui ou moi.

– Ce que tu peux le détester! dit Doll.

– C'est un hypocrite. Le monde est en train de se préparer pour la guerre finale entre les races de couleur et les esclavagistes blancs, et moi j'ai la haine contre tous les mecs de couleur qui pactisent avec l'ennemi.

– Pour Stick, la politique, c'est réel.

Doll avait l'air fière de lui.

– Tu vois, Sonny, nous, dans cette affaire de came, on n'est que les petits détaillants. C'est le Blanc qui se fait le fric sérieux. Le Blanc, lui, il a tous ces dictateurs étrangers qui la font pousser avant de la convoyer ici. Quand tu vois un flic noir qui s'en prend aux frères, je dis que c'est de l'hypocrisie.

Stick ramassa sa canne de marche.

– Un de ces jours, je vais faire goûter la morsure du serpent à Brooks. A mon avis, il ne sait pas que je suis sanglé.

– Equipé, expliqua Doll. Il a un flingue sur lui.

– La pointe, c'est un crève-keuf.

Stick retira le bout en acier qui révéla un poignard.

– Le haut, c'est un fusil de chasse.

Il enleva la tête de serpent en ivoire pour découvrir un canon.

– Une décharge de chevrotine, ça peut couper un homme en deux.

Doll frissonna.

– Mets ça ailleurs !

Stick fit claquer l'embout et la tête de serpent sur les extrémités de la canne et jeta celle-ci derrière le canapé.

– Revenons à notre business.

– Tu crois vraiment que c'est sûr si Sonny fait une livraison ?

Sa jambe était pressée contre la sienne.

– Brooks ne le touchera pas.

– Okay, conclut Doll, combien ?

– Tu es son agent ?

Stick parut contrarié.

– Je suis son amie.

– C'est le prix fort. Un Benjamin.

– C'est un billet de cent, expliqua Doll. C'est Benjamin Franklin qui est sur le billet de cent dollars.

Elle se retourna vers Stick.

– Le double ou rien.

– Mais c'est un bleu !

– Il est fort, et intelligent en plus.

– Il ne s'est jamais fait autant d'oseille. Si ?

– Bien sûr que si, répondit Sonny. Avec la boxe…

Doll poussa un petit cri.

– Tu étais boxeur professionnel ?

– Si on veut. Des combats de saloon dans le Nord. On était payés.

Stick parut intéressé.

– Tu as des plans de combats en ville ?

– Peut-être.

Il n'y avait pas vraiment pensé avant d'entendre l'intérêt pointer dans la voix de Doll.

– Je pourrais soutenir un boxeur, dit Stick. Ça me dérangerait pas d'avoir une part sur le prochain Tyson. Et tu te débrouillais comment ?

– J'ai gagné cinq fois de suite.

« Hoffer, ça ne compte pas. »

– Pas mal.

– Une chose à la fois, reprit Doll. Deux cents ou rien.

– Tu prends une commission ? demanda Stick.

Elle prit une voix de sainte-nitouche.

– Il m'emmènera peut-être quelque part le soir de mon anniversaire…

Sonny aurait bien voulu voir la tête qu'elle faisait.

– C'est quand ?

– Jeudi prochain.

– Tu vas avoir quel âge ?

– Je te le dirai à ce moment-là.

Sa jambe se pressait plus fort contre la sienne.

– On verra les détails demain, dit Stick, mais voilà ton contrat.

Il déchira un billet de cent dollars en deux, en tendit un morceau à Sonny et agita l'autre.

– Tu auras ça et les cent dollars de plus quand tu seras revenu.

Sa voix se fit sarcastique.

– Si c'est d'accord avec ton agent.

– C'est bon pour l'instant. Mais on fera monter nos prix après ce coup-ci. Maintenant, Sonny a besoin de se reposer.

Elle s'agenouilla et lui retira ses bottes.

– C'est des vraies bottes de cow-boy ?

– On me les a faites au Nouveau-Mexique.

– Tu es allé là-bas ? Moi, je suis jamais allée

nulle part. Peut-être que tu m'emmèneras un jour...

Elle lui prit les jambes pour les poser sur le canapé et installa un coussin sous sa tête tandis que Stick éteignait les lumières rouges.

Elle lui embrassa le front. Il essaya de l'attraper. Mais elle lui glissa entre les bras.

– Quand tu seras revenu.

6

Sonny marchait à grands pas sur le Deuce, moins décontracté qu'il n'en avait l'air. Un banal sac de gym en nylon pendait négligemment à sa main droite, comme s'il n'avait rien contenu de plus important que des vêtements de sport. Mais il tenait les sangles fermement enroulées autour de son poignet. Pas moyen que quelqu'un parvienne à l'arracher. Comme s'il y avait eu, ce matin-là sur la 42ᵉ Rue, le moindre individu susceptible de commettre un vol à la tire.

On aurait dit que le Deuce avait la gueule de bois, il paraissait aussi fatigué et comateux que lui quand Stick l'avait réveillé avec la pointe métallique de son bâton, du côté du crève-keuf.

Il lui fallut un moment pour se rappeler où il était. Même après deux tasses de café, il dut répéter les instructions de Stick à haute voix pour s'en souvenir. Un bus jusqu'à Camden, dans le New

Jersey. Là, il trouverait un petit Black en tee-shirt Malcolm X qui lui demanderait l'heure. Sonny répondrait: «C'est l'heure.» Alors le gamin dirait: «C'est ça, c'est l'heure.» Sonny le suivrait dans les toilettes et échangerait son sac de gym contre un sac à bandoulière de cuir noir. Il prendrait le bus suivant pour rentrer à New York et irait tout droit chez Chub attendre Doll.

A la mention de son nom, Doll sortit en titubant d'une autre pièce en se frottant les yeux.

Sans maquillage, avec ses taches de rousseur contrastées sur la pâleur de sa peau, on lui aurait donné quatorze ans. Ses yeux marron étaient injectés de sang. Il se demanda où elle avait dormi. Elle était à peine capable de parler. Elle s'essuya le nez. Il se demanda si elle avait pris de la came.

– Tu as saisi? demanda Stick.

Il hocha la tête et Stick lui tendit un ticket de bus aller-retour et un billet de cinq dollars.

– A toi de jouer. Ne rate pas le bus.

Sur ce, il le poussa dehors.

Il descendit l'escalier métallique en colimaçon, traversa le corridor des cabines avant de déboucher dans la salle de jeux vidéo pour sortir sur le Deuce.

Il y avait encore peu de racoleurs dans la rue. Il partit à contre-courant d'une vague de banlieusards qui se dépêchaient de sortir du Port. «Relax, ralentis ton cœur, fabrique-toi un masque, trace-toi un chemin avec les yeux.» Une fois dans le Port, il jeta un coup d'œil vers l'escalier qui menait aux grilles d'embarquement des longs parcours avant de commencer à descendre. Quelques mendiants, des banlieusards, ces gens-là ne le recherchaient pas.

Stick avait-il raison? Brooks l'avait-il libéré comme appât? Etait-il à l'abri d'une arrestation tant que Stick était en liberté?

Il ne se sentait pas en sécurité pour autant. Tout ce que ça signifiait, c'était que Brooks était aussi de ceux qui essayaient de se servir de lui.

Il dépensa l'essentiel des cinq dollars en s'achetant du jus d'orange, du café et deux beignets pour le trajet. Le chauffeur lui prit son ticket sans lever les yeux. Le car était presque vide. Il s'assit à l'arrière, à côté d'une sortie de secours. Il garda le sac de gym sur ses genoux.

Quelques passagers montèrent. Dans la lumière encore faible, il ne parvint pas à les distinguer. Un couple de Noirs s'assit derrière lui. Leur visage était caché par le rebord de leurs grands chapeaux. Un couple de Blancs vêtus de jean's et de sweatshirts assortis se mit devant lui. «Il y a de la place dans tout le bus, mais tout le monde s'entasse autour de moi.»

«Sois pas parano, Sonny. Peut-être qu'à New York on aime bien les Indiens, c'est tout.»

Le couple de devant commença à s'embrasser. Sonny se détendit. «C'est du gâteau. J'ai qu'à refiler le bébé et rêver aux deux cents billets que je vais claquer pour une fille canon qui m'adore.» Il but le jus d'orange qui traça un canal de fraîcheur jusqu'à son estomac.

Subitement, le chauffeur monta, compta les passagers, puis se mit au volant et fit ronfler le moteur. «Encore quelques minutes et on sera sur la route. Plein sud. Je change de vie. Libre. Indépendant. Pour la première fois, faire ce que je veux, choisir tout seul. Fini de me traîner aux pow-wows, fini de me déguiser pour vendre des bijoux. Fini de me faire larguer à la Réserve quand ça tourne mal. Fini les combats de saloon pour un vieux fou qui vit dans le passé!

«Voilà Sonny "Bear", le Chef du Deuce!»

Le chauffeur ferma la porte et continua à faire ronfler le moteur, mais le bus ne bougeait pas. Sonny jeta un regard par la fenêtre. Des silhouettes déambulaient le long du car. Des mendiants, des banlieusards. Pourtant, même les mendiants avaient l'air de grands types pleins de santé.

Il sentit sa nuque le picoter. « Ils sont seulement habillés comme des mendiants et des banlieusards. »

Il regarda une voiture de police se glisser le long de l'autobus.

D'un coup sec, il tira le levier de métal de la sortie de secours. La porte était à peine ouverte que les deux Blancs de devant, abandonnant leurs étreintes, se jetaient sur le dossier de la banquette. La fille lui enfonça le canon d'un revolver dans le nez.

– Police ! Tu es en état d'arrestation.

Il entendit une voix familière derrière lui.

– Ah, le New Jersey ! Tu avais l'intention de faire une excursion culturelle au jardin de New York, petit gentleman ?

7

– Visiblement, tu es déterminé à te fourrer dans la tombe plus tôt que prévu.

Brooks avait l'air dégoûté.

– Dommage... Un crochet du gauche, c'est terrible de gâcher ça.

Sonny était menotté à une des chaises en plastique de la salle d'interrogatoire. Il était assis en face de Brooks à la petite table blanche.

– Tu sais que tu transportais du crack?

Sonny garda les yeux fixés sur le mur. S'il disait oui, il serait coupable. S'il disait non, il aurait l'air d'un imbécile.

– Des mules, continua Brooks. C'est ce qu'on dit dans la rue pour parler des livreurs dans ton genre. La mule est un croisement entre l'âne et la jument. Pas de cervelle, pas d'avenir. Bon à rien d'autre qu'à porter.

Brooks se leva et tourna le dos. Il portait son arme au creux des reins, sous sa ceinture. Un gros automatique argenté et luisant.

– Tu as une idée de ce que le crack est en train de faire à cette ville, à ce pays ?

Brooks parlait au mur, d'une voix plate et froide.

– Tu sais combien de gens sont morts ? Je ne parle pas seulement des consommateurs, des mules et des dealers, mais des tout petits gosses qui ont pris une balle perdue. Des champignons. C'est comme ça qu'ils appellent les passants innocents. Des champignons !

Il se retourna lentement et se planta en face de Sonny.

– Stick fait partie d'un réseau de came du centre, ils s'appellent les X. Ils se font passer pour des espèces de héros afro-américains. C'est eux qui fournissent le crack dans les écoles primaires du New Jersey.

Son visage paraissait plus sombre, ses yeux n'étaient plus que des fentes.

– Ils empoisonnent des gamins de onze ans. Tu as envie d'être mêlé à ça ?

Sonny était incapable de regarder Brooks dans les yeux.

– Ils t'ont plumé à la descente du car, ils t'ont fait croire que tu avais des amis dans la Grande Pomme! Doll t'a mis la tête à l'envers, c'est ça? C'est leur méthode. Tu n'es pas le premier!

Sonny sentit la chaleur monter le long de son cou et lui rougir le visage.

– Et maintenant, tu es prêt à tomber pour deux personnes qui t'ont donné la moitié d'un faux billet de cent dollars.

Il lâcha un éclat de rire étranglé et rude.

– Tu es bien parti pour le violon, petit gentleman. Détention criminelle. Et pour quoi?

Brooks s'assit et se pencha en travers de la table. Son visage était si proche que Sonny pouvait voir les minuscules perles de transpiration qui luisaient entre les poils noirs et drus de sa moustache et de sa barbe.

– Tout ce qu'il me faut, c'est ta déposition. Je veux tout savoir de ce qui est arrivé depuis que tu as débarqué en ville hier. Après, je pourrai te tirer de ce merdier avec un ticket de bus pour te renvoyer là d'où tu viens. C'est Stick que je veux, pas toi.

Les yeux rivés sur le mur, Sonny luttait pour contrôler sa respiration, ravaler la frayeur qui montait dans sa gorge. «Je suis peut-être une mule, mais je ne suis pas un cafard.»

– Je vais te dire ce qui va se passer, continua Brooks. On va commettre d'office une pauvre avocate surchargée de travail. Elle va faire tout son possible pour toi, c'est-à-dire pas lourd. Ce qui n'empêchera pas le district attorney d'exiger une forte caution parce que tu n'es pas de la ville. Vu l'encombrement des tribunaux, il se pourrait que tu moisisses pendant des semaines, des mois, avant ton procès. Dans un trou, avec des psychotiques en longue peine.

– Je sais me défendre.

– Tu es endurci, tu as de l'orgueil. Jusque-là, je peux encore te suivre. Mais pour le crack? C'est la mort que Stick vend à des gosses. Comment tu justifies ça?

Brooks le dévisageait avec une telle résolution dans le regard qu'il sentit qu'il était obligé de répondre, mais il fut tout juste capable de hausser les épaules. Il ne savait pas quoi répondre. Il n'y avait jamais pensé jusqu'à ce moment-là. Les mules, les champignons, et la mort qu'on vendait à des gosses.

– Les revendeurs tiennent les gosses comme le poisson pris à l'hameçon, il faut les entendre hurler quand ils en redemandent, ils feront n'importe quoi pour avoir de la dope. Mensonge, trahison, prostitution, vol, meurtre. Tu as envie de toucher ta part de ce trafic?

Le ton de sa voix monta, son corps trapu tressaillit.

– Tu me donnes Stick et tu t'en vas.

Brooks se leva pour gagner l'autre côté de la table.

– Qu'est-ce que tu en dis?

La transpiration avait foncé son polo.

– C'est une occasion de rentrer chez toi que je te donne.

Sonny baissa la tête. Il essaya de trier les sensations qui lui parcouraient le corps et de démêler les pensées de son esprit confus. Stick se servait de lui, c'est tout. Okay. Mais Doll? S'il balançait Stick, est-ce qu'elle irait en prison? Elle, il ne pouvait pas la donner.

Et de toute façon, une occasion de rentrer chez lui, qu'est-ce que ça voulait dire?

– Regarde-moi.

Brooks tira sur sa queue-de-cheval, lui redressant brusquement la tête.

– Tu vas rester une mule abrutie toute ta vie ?

Sonny regarda fixement le visage de Brooks. Les perles d'eau s'accrochaient aux pointes drues de sa moustache et à sa barbe et formaient de petites flaques dans les creux qu'il avait sous les yeux.

– Je ne sais pas ce qui me fait le plus rager : une ordure comme Stick ou un gosse comme toi qui pourrait devenir quelqu'un de bien s'il essayait. Ça t'est déjà arrivé de rester suffisamment de temps sur la même chose pour voir si tu en étais capable ?

Il sentit les griffes du monstre grimper le long de ses jambes.

– Qu'est-ce qui s'est passé avec la boxe ? Trop de règles ? Tu n'as pas eu la patience d'attendre pour voir si tu valais quelque chose ou non ? Tu as eu peur de ce que tu allais voir ? Tu as surtout eu envie de tout casser, hein ?

Foudroyant Brooks du regard, Sonny sentit ses sourcils se froncer.

– Ça, ça t'a réveillé, hein ? Okay, l'as des as, voyons voir ce que tu as dans le ventre.

Derrière lui, Brooks détachait les menottes.

– Lève-toi !

Son poignet droit était encore attaché à la chaise, mais le bras gauche était libre. Il se leva. Il avait une tête de plus que Brooks. Il aperçut un début de calvitie sur le sommet de son crâne. Le monstre l'envahit.

– Vas-y ! Balance-le ce fameux crochet du gauche !

Sonny ne plaça pas ses pieds, il se contenta de lui en décocher un rapide sur le menton, un coup à piston qui aurait dû écrabouiller son visage hilare contre le mur. Mais Brooks inclina tranquillement la tête, et le coup rata de quelques centimètres.

– Faut que tu fasses mieux que ça, petit gentleman.

Un autre, vers le bas, en oblique, mais Brooks se pencha au dernier moment et Sonny, déséquilibré, partit en titubant. La chaise en plastique cogna contre sa jambe.

– Ce crochet, c'est de la dynamite, mais ça ne suffit pas.

Sonny feinta, puis envoya un long crochet, mais les sautillements de Brooks, toujours en mouvement, le tenaient hors d'atteinte. «Il a dû être boxeur dans le temps.»

– Les règles, la discipline, on peut pas y échapper.

«La ferme», pensa-t-il en se jetant de tout son poids dans un gauche en arc de cercle. Brooks s'esquiva par en dessous.

– On n'échappe à rien, impossible!

Sonny décocha trois coups à la suite, des coups meurtriers, mais ils frappèrent dans le vide et la chaise en plastique lui cogna l'épaule et la nuque. La colère qui envahissait déjà sa poitrine lui monta à la gorge. Il envoya un autre crochet et rata encore sa cible. Il avait mal à l'épaule. Il cligna des paupières pour essayer de chasser la transpiration qui lui coulait dans les yeux.

– Ton crochet pourrait faire de l'effet en championnat poids lourd.

Brooks bondit au centre de la pièce. Les bras ballants, il se moquait de Sonny.

– Mais pour le reste, tu es champion du monde des balourds.

Sonny fit un brusque mouvement en avant, mais son bras était fatigué, ses jambes flageolantes, et tout ce qu'il lui restait maintenant, c'était le monstre, ce qui ne suffisait pas. Poussant à peine ses coups, il poursuivait Brooks en chancelant, étourdi par la chaleur de la petite pièce. Brooks le raillait sous sa barbe, réussissant chaque fois à mettre son visage hors de portée.

Sonny sentit sa gorge s'obturer. De l'air ! Le monstre demanda : « Tu vas accepter ça ? Le boxer d'une seule main ? Tu es vraiment une mule si tu le laisses fabriquer les règles à ta place. » Sa main droite se referma sur le plastique du dossier. C'était plus lourd qu'il ne le pensait. Pourtant, il brandit la chaise à bout de bras et, se jetant sur Brooks, la lui colla en pleine figure. Il voulait écrabouiller ce visage noir ricanant, mais le sergent fit volte-face et il alla s'écraser contre le mur avant de tomber à genoux, l'estomac retourné, le souffle coupé.

– Parle-moi de Stick. Dis-moi tout. Ce qu'il a raconté. Ce qu'il a fait. Où il squatte. Ce que tu as vu et entendu. Tout ce qui s'est passé depuis que tu as sauté du car.

Sonny secoua la tête.

– Vas-y ! Depuis le début !

Brooks empoigna sa queue-de-cheval et lui tira la tête en arrière.

– Non!

– J'ai dit: DEPUIS LE DÉBUT!

Sa voix tonna dans la petite pièce.

– Non.

Brooks lui tira violemment les cheveux. Les yeux exorbités, Sonny essaya de reprendre son souffle.

La porte s'ouvrit brutalement et la pièce fut remplie d'uniformes bleus.

– Allez-y mollo, Sergent.

Brooks lâcha prise. Sonny s'effondra sur le sol.

– Appelez un fourgon, ordonna Brooks avec lassitude. Enterrez-moi cet imbécile.

8

Il se retrouva aussi désarmé qu'un enfant, sans aucun pouvoir sur sa vie. On le fouilla, on lui retira son bandeau, sa ceinture et ses bottes ; on prit ses empreintes, on le photographia ; des gardiens lui parlèrent, puis des juges, des avocats. On le poussa dans des fourgons et on le traîna dans des tribunaux, enchaîné par la cheville à d'autres prisonniers. Il ne mangeait pas pour ne pas avoir à utiliser les trous puants des toilettes des cellules surpeuplées de corps qui empestaient la vinasse, la vomissure, l'excrément. Il restait le dos collé au mur, le visage durci, luttant contre le sommeil. Les autres prisonniers le laissaient tranquille. Dans le noir, il les entendait se bagarrer, se rouer de coups en gémissant dans la mêlée. Il resta lèvres closes, les mains en alerte. Le monstre gardait le silence.

Son avocate, mince, les cheveux noirs, était une

femme fébrile qui parlait en faisait claquer son chewing-gum. Elle ouvrit un porte-document marron.

– George Harrison Bayer, dernière adresse connue : Réserve des Moscondaga.

Il avait dû sembler surpris, car elle enchaîna :

– La ceinture portait la marque *Sweet Bear,* une piste facile. Bon, voilà, ils veulent faire un marché. Vous dites à Brooks ce que vous savez sur Stick et je pourrai vous faire relâcher.

Il secoua la tête.

– Enfin, pensez-y, George. Faut que je file.

Un jour, il vit Brooks, debout dans un coin de la salle d'audience, les bras croisés, les yeux fixés sur lui, pendant que son avocate polémiquait avec l'adjointe du district attorney. C'était une Blanche, maigre elle aussi, les cheveux noirs, la voix aiguë. Le juge, un Noir corpulent, semblait s'ennuyer.

L'avocate de Sonny commença son exposé des faits. « Voilà un paysan naïf venu d'une Réserve accablée par la pauvreté. Il s'est laissé abuser par la grande ville. Eu égard à l'exploitation déjà subie par les ethnies de ce pays, je proposerais d'être indulgent envers ce garçon. »

Puis ce fut au tour de l'adjointe au D.A. « C'est ridicule, tout le monde en Amérique sait ce qu'est le crack, aucun groupe ethnique n'est moins responsable de ses actes qu'un autre. »

L'avocate de Sonny continua sa plaidoirie. « Au moins, relâchez-le sans caution, qu'il puisse rentrer chez lui ou aller dans un foyer de fugueurs de cette ville. »

L'adjointe au D.A. était intraitable. « Pas question, il ferait une autre fugue, c'est tout. D'ailleurs, la police lui a offert une occasion de coopérer dans la lutte contre la drogue, ce qu'il a refusé. »

Sur ce, l'avocate de Sonny donna ses conclusions. « Envoyez-le à Whitmore et il deviendra un criminel endurci. »

L'adjointe au D.A. retourna son argument. « Libérez-le, et tous les gamins, Rouges, Blancs, Noirs, Jaunes et Métis, entendront que la Loi fait des exceptions. »

Ce fut alors au juge de statuer. « Nul ne peut disposer selon son gré du bien ou du mal ni de la responsabilité ou du manquement à celle-ci. George H. Bayer. Maison d'arrêt de Whitmore. Affaire suivante. »

Quand ce fut terminé, l'adjointe au D.A. serra la main de Brooks.

Sonny fut poussé dans un fourgon avec trois autres adolescents et on les emmena vers le Nord. Il reconnut la direction parce qu'ils traversèrent l'Hudson River et gardèrent l'eau sur leur droite pendant près d'une heure. Les trois autres parlaient en espagnol. Celui qui monopolisait la discussion avait un tatouage sur le dos de la main gauche, une fleur et un poignard entrelacés. On aurait dit qu'il avait été dessiné avec une aiguille à coudre et de l'encre. A la Réserve, il y avait des mecs qui revenaient de prison avec des tatouages maison. Les trois garçons n'arrêtaient pas de lancer des regards vers lui. Il sentit qu'ils parlaient de lui.

WHITMORE HILLS

CENTRE DE DÉTENTION DES MINEURS.

Le fourgon passa sous une immense enseigne et rentra dans une caserne composée de baraques gris-vert entourées d'une haute clôture de barbelés. On les débarqua sur un terrain de foot sablonneux.

– Les nouveaux, vite ! On y va ! Les nouveaux !

Un petit homme imbu de lui-même en uniforme gris les conduisit à la porte d'un baraquement sur laquelle on lisait : RÉCEPTION CENTRALE.

– Ça peut se passer mal comme ça peut bien se passer... Ici on fait sa peine ou on la subit ! Je suis le lieutenant Deeks, et je vous préviens que dès qu'on me cherche, on me trouve. La deuxième fois, là je vous garantis que moi je saurai vous retrouver !

Dans la salle de douche d'un autre baraquement, ils furent déshabillés et lavés au jet par des prisonniers qui se mirent à ricaner en les voyant frissonner sous l'eau froide. On les aspergea de désinfectant et de shampooing anti-poux. Ils se séchèrent avec des serviettes grandes comme des mouchoirs de poche. On leur distribua des tee-shirts, des sabots de douche et des pantalons de survêtement à ceinture coulissante. Le tout marqué du tampon de la W.H.C.D.M.

On les conduisit dans une pièce où se trouvait un fauteuil de coiffeur. L'un des Espagnols lança des injures lorsqu'une femme en civil se mit à taillader ses longs cheveux noirs.

– Au suivant, lança-t-elle à Sonny.

Il secoua la tête. Ses cheveux, il allait les garder. C'était tout ce qu'il lui restait.

– Deeks ! cria-t-elle.

Le petit lieutenant entra en courant.

– Qu'est-ce qui se passe ?

La coiffeuse tendit sa tondeuse vers Sonny.

– Tu me cherches…

Il jeta un coup d'œil à son registre.

– … Mr George H. Bayer ?

– Je m'appelle Sonny « Bear », membre de la Nation moscondaga. C'est comme ça que les gens de notre peuple se coiffent.

– Je me fiche de savoir si tu es Sitting Bull, répliqua Deeks.

Il se balançait sur la pointe des pieds, dans ses chaussures noires briquées à l'huile de coude.

– C'est dans le règlement de Whitmore. Pas de cheveux. Alors mets-toi sur le fauteuil, Monsieur Bayer.

Il éclata de rire et lança un clin d'œil à la coiffeuse qui leva les yeux au ciel. Le monstre envahit son ventre et lui fit serrer les poings.

– Allez, viens, Tonto ! Vas-y, en garde, mon bonhomme ! Sur le fauteuil, chicano !

Le lieutenant s'amusait bien.

On entendit la coiffeuse toussoter.

– Vous devriez peut-être vérifier ça, Lieutenant... Vous savez le cas de liberté civile qu'on a eu la dernière...

– C'était une affaire de religion, coupa Deeks.

Il se balançait plus vite à présent et une rougeur sur son cou gagnait peu à peu son visage.

– La queue-de-cheval d'un Peau Rouge, ça vaut que dalle. Allez, sur le fauteuil, mon petit castor... je suis en train de perdre patience.

«Ecrabouille ce cafard», ordonna le monstre.

– Si je me coiffe comme ça, c'est en symbole de...

– Sur le fauteuil, répéta Deek avec hargne. Je ne sais même pas si tu es vraiment indien! Tu n'as pas l'air si indien que ça, tu n'es pas tellement basané, tu n'as pas la figure aplatie, tu pourrais très bien être un genre de *latin lover,* tu n'as pas un nom d'Indien, tu pourrais être n'importe quoi, tu es peut-être en train d'essayer de me rouler. Allez, j'ai assez donné comme ça!

Il sortit une matraque de sa poche arrière.

– Sur le fauteuil, je te dis!

Il lui enfonça le bout plombé du bâton dans le ventre.

– Allez, on y va maintenant... Hé!

Deeks était un dur à cuire. Le premier coup de poing lui fit valser la tête et flancher les genoux, mais ne l'envoya pas au sol. Il essaya de brandir sa matraque.

Le deuxième crochet du gauche l'aplatit comme une crêpe.

9

On le jeta dans un box en acier hermétique sans fenêtre. Les toilettes se réduisaient à un trou infect creusé dans le sol, près du matelas pourri qui servait de lit. Il était incapable de distinguer le jour de la nuit. Même les sons de la prison, les sonneries et les coups de sifflet, le bruit des portes métalliques, étaient lointains et assourdis. On lui passait les repas par une fente dans le bas de la porte. Ils étaient toujours identiques – une tasse de café à peine tiède et un sandwich de pain blanc rassis avec une tranche de mortadelle verdâtre et graisseuse. Il ne voyait jamais les mains du gardien.

Il se rappela les histoires que Jake lui avait racontées sur l'ultime épreuve du Messager Valeureux. L'ascension du Stonebird en solo, le plus haut sommet de la Réserve, des jours et des nuits de survie loin des terres à se colleter avec la question :

« Ai-je vraiment envie d'être un Messager Valeureux ?

« Un messager, un diplomate, un guerrier, un pacificateur, toujours disponible pour la Nation, toujours en condition, prêt à courir deux cents kilomètres, à rester assis cent heures durant, à lutter jusqu'au bout, à parler le langage de la sagesse. »

Il secoua la tête pour y voir clair. « Pourquoi je tombe en transe sur les histoires de marchand de sable d'un Moscondaga complètement désaxé ?

« Et pourquoi je suis là, accroupi dans le coin de cette cellule comme avant, quand j'allais sur les banquettes arrière des épaves de la casse, pour me cacher du reste du monde et faire des dessins bizarres ? »

Il faisait des croquis sur les plateaux en polystyrène de ses repas, utilisant le bout de plastique du cordon de son pantalon comme crayon. Pour l'encre, il mouillait la crasse noire du sol de la cellule avec de la salive.

Il dessina Doll et sa mère.

Il se rappela que quand il dessinait un visage, il voyait toujours des choses qu'il n'aurait jamais vues en le regardant en chair et en os. Les yeux de Doll, des yeux vifs qui picoraient, ceux d'un oiseau sur le point de s'envoler, à moins de piquer sur un petit morceau de nourriture. Ils étaient exactement comme ceux de sa mère. Toujours en train de regarder quelque chose, juste au-dessus votre épaule, au coin de la rue, dans la ville d'à côté.

Il dessina le corps de Doll comme il l'imaginait, plein et ferme. Il pensa à elle et lui, tous les deux. Pour son anniversaire. Avec l'argent que Stick lui devait, il l'aurait emmenée au restaurant et en boîte. Le Benjamin était-il vraiment faux? Et s'il l'était, est-ce que Doll le savait? Il n'avait pas envie de le croire. Il se concentra sur le contour de ses cheveux.

La porte s'ouvrit avec un bruit métallique. Il entendit un gardien.

– Vous avez cinq minutes, Sergent.

– Réclusion solitaire, hein...

La porte se referma bruyamment.

– C'est fou ce que tu es prévisible, petit gentleman.

Il était content de voir Brooks, mais il ne trouva rien d'autre à dire que:

– Qu'est-ce que vous voulez?

– Le D.A. ne veut pas baisser ta caution, et Jake Stump ne peut pas réunir l'argent.

– Vous avez parlé à Jake ?

– Je n'ai pas beaucoup de temps.

Il parlait vite, d'une voix douce.

– On s'est arrangés pour que tu sois relâché parmi les détenus ordinaires. Les bandes vont tout de suite essayer de te recruter. Je veux que tu rentres chez les X.

– Pourquoi ?

– Tu n'auras rien à faire, même pas le tatouage. Dis-leur que c'est contre ta culture. Comme pour les cheveux !

Il ricana.

– Vous croyez que c'est un truc que j'ai inventé ?

– Je m'en fiche. Bon, écoute. Les X n'ont pas envie que tu rentres dans la bande des Latinos ni que tu restes autonome – ça voudrait dire que tu es contre eux. Alors, balade-toi, traîne avec eux une semaine ou deux. Tu fais ça, tu me racontes ce que tu entends dire, et après je pourrai aller chez le D.A. faire annuler la caution et te sortir d'ici.

« Un moyen de plus d'arriver à Stick. » Stick méritait d'être en prison s'il vendait la mort à des gosses. A condition de croire ce que Brooks racontait. Mais Doll ? Elle irait aussi en prison ? Elle avait un enfant quelque part.

– Je ne sais pas.

On frappa à la porte.

– Une minute, Sergent !

– Il faut que tu le fasses !

Le fond de sa voix était désespéré.

– On peut faire tomber ces brutes.

– Moi, je peux pas être votre indic.

Brooks respira profondément.

– Tu t'es jamais demandé comment je savais que tu étais dans ce bus ?

– Vous m'avez suivi.

– J'ai pas assez d'officiers pour ça ! Tu servais d'appât. Stick a filé le tuyau à un de nos agents qu'il avait repéré. On t'a couru après pendant que Stick envoyait un chargement plus important par quelqu'un d'autre.

Il y avait de l'amertume dans sa voix.

– Il a dû se fendre le cul de rire, ce petit maigrichon, en pensant à moi. Et à toi aussi. Tu n'as pas appris qu'il ne fallait faire confiance à personne sur le Deuce ?

La porte s'ouvrit.

– Faut y aller, Sergent.

Sonny lui lança :

– Je peux pas vous faire confiance à vous non plus !

Le front de Brooks se creusa.

– Pour l'instant, tu n'as pas beaucoup le choix.

Il sortit.

– Pour moi, c'est une affaire conclue.

Le gardien fit signe à Sonny.

– On y va, chef.

Le soleil le gifla en pleine figure et le força à fermer les yeux. Trébuchant, aveuglé, il se retrouva dans la cour en terre battue. Ça grouillait de centaines de mecs qui fumaient, jouaient au volley et au basket, soulevaient des poids ou se faisaient une ligne.

Quelqu'un gueula :

– C'est Sonny « Bear » !

Ils se mirent à frapper dans leurs mains. Les matches s'arrêtèrent les uns après les autres et les battements sourds enflèrent dans un bruit de tonnerre. Alors tous se tournèrent vers lui et commencèrent à scander :

– Son-ny, Son-ny, Son-ny...

Le haut-parleur grésilla.

– Les manifestations sont interdites, je répète, les manifestations...

Les cris et les applaudissements retombèrent progressivement. Il y eut des huées.

– Personne n'aime Deeks, expliqua le gardien qui l'avait fait sortir. Tu es un hé-ros, mon vieux ! Dieu te garde !

Le soir à la cantine, on le fit passer en premier à la bouffe. Les types qui servaient derrière la table chauffante lui firent des clins d'œil en balançant des portions de rab sur son plateau. Il y avait foule à sa table.

– Deeks, c'est de l'histoire ancienne, mec.

– Il y a un avocat des libertés civiles qui a appelé de New York. Il a su ce qui s'était passé et il a dit qu'on ferait un procès pour tes droits s'ils te laissaient pas sortir. Un procès pour toi, mec !

C'était la version officielle, ou est-ce que Brooks s'était arrangé pour que ça se passe comme ça ?

– Avec quoi tu l'as frappé, Sonny?

– Hé! Sonny! Tu vas passer pro?

– Laisse-le bouffer, abruti!

– Sonny, tu sais, demain, quand tu verras le psy, dis-lui que tu fais de la claus-tro-pho-bie, que tu as besoin d'un boulot dehors.

– Quel nase, lui! C'est à la cuisine qu'il doit aller.

– Pour qu'il s'engraisse, comme toi?

– Bande de branques! Il peut pas avoir de job avant d'être condamné.

Il laissa la conversation lui passer au-dessus de la tête. Ceux qui s'agglutinaient autour de lui faisaient partie des plus petits, des plus jeunes. Trop faibles pour avoir peur que ça se voie, ils cherchaient un protecteur. Les lapins et le petit cerf de la forêt.

– Alors, c'est quoi ta tribu?

– Moscondaga.

– Pas mal...

Mais il y avait d'autres mecs. Ceux-là, ils le regardaient de loin, ils le jaugeaient. Les loups et les lions de la montagne.

«Ils vont te forcer à choisir, Sonny. C'est les X ou les Latinos. Qu'est-ce que tu vas faire?»

Juste avant l'extinction des feux, on lui attribua

une couchette en hauteur dans une chambrée qui comptait vingt lits superposés de chaque côté. Après le silence de la solitaire, la respiration de quatre-vingts types ressemblait à un ouragan. Ça sifflait, ça ronflait, ça sanglotait dans tous les coins. Un gardien et un détenu traversèrent pesamment la chambrée en braquant une lampe torche sur chaque couchette pour cocher les noms du registre. Le dernier appel.

Il attendit dans le noir qu'un murmure régulier ait remplacé l'ouragan, avant de se glisser au bas de son lit pour aller aux latrines en faisant attention de ne pas faire craquer le plancher. La lumière violente lui fit cligner les yeux. La pièce était vide. Il alla dans le dernier cabinet du fond et tira enfin la plaque de polystyrène qu'il cachait sous sa chemise. Doll le regarda fixement.

Elle allait aimer ce dessin. Avec la pointe de plastique du cordon de son pantalon trempée dans le sang du lobe de son oreille, il dessinerait une jolie robe rouge pour couvrir sa nudité. Ça serait sa carte d'anniversaire.

Il entendit des piétinements, des bruits de respiration.

Ils étaient cinq, gigantesques et bleu-noir contre l'éclat de la céramique blanche. Quatre d'entre eux s'étaient alignés, épaule contre épaule, pieds écartés, poignets croisés. Ils avaient tous un X tatoué sur le dos de la main droite.

Le cinquième, leur leader apparemment, était devant.

– Bienvenue à Whitmore, Frère Sonny.

Il tendit la main. Elle était molle.

– Je suis X-Numéro Un. Un mec de couleur qui se rebelle pour ce qui est juste, nous, on le respecte.

Il avait une voix de robot, sans relief.

– Les X sont des combattants de la liberté. Tu peux rentrer chez nous.

– Moi, je suis membre de la Nation moscondaga. Je n'obéis qu'aux Mères et aux Chefs du Clan.

A son grand plaisir, il vit aussitôt les narines du pauvre X se dilater. Il n'avait pas l'habitude qu'on lui parle comme ça.

– A Whitmore, rétorqua X-Numéro Un, c'est à la bande des X qu'on obéit.

Derrière lui, les quatre autres se mirent en position d'attaque. Le monstre ricana en s'étirant. « Balance ton crochet, Sonny ! Fais passer X aux ex ! »

« Oui, mais c'est peut-être pas comme ça que ça se passe dans la vie. On peut pas passer son temps à balancer ce foutu crochet, en attendant de voir ce qui se passe. Il faut peut-être avoir un plan. »

« Je te le donne, moi, le plan : mets ce type en bouillie ! »

– Moi, les bandes, ça m'a toujours fait penser au troupeau de Blancs qui cavalaient après mon peuple !

« Mon peuple ! Tu veux que ça marche dans les deux sens, hein ? Une fois blanc, une fois rouge. Remarque, pourquoi pas ? Je me suis bien fait coincer des deux côtés ! »

– Je comprends, dit X-Numéro Un. Un Indien, ça fait confiance à personne, normal. Mais ici, le peuple noir et le peuple rouge sont unis.

Sa voix résonna contre les murs blancs des latrines.

– Les X sont tes frères.

– C'est les guerriers des Moscondaga, mes frères. Pour moi, vous êtes des bouses de bison bonnes à cramer.

Sonny les regarda s'agiter en s'interrogeant du regard. Le Numéro Un était désarçonné, il avait l'air déconcerté.

« Comme ça, on est deux !

« Brooks a dit que j'étais prévisible. Il a tout deviné comme s'il m'avait fait. Il avait tout prévu. Que je ferais la mule pour Stick, que je dégommerais Deeks. Mais là ?

« Il a imaginé quoi ? Que ce grand abruti d'Indien allait rentrer chez les X et faire l'indic, ou que je rétamerais ces tronches de faits divers ?

« Peut-être que je vais rien faire de tout ça. T'imagines, Brooks ! »

Le Numéro Un se renfrogna.

– Qu'est-ce qu'il y a de marrant ?

Sonny tourna le dos et partit. Ses pieds nus claquèrent sur le carrelage. Il sentit des picotements dans la nuque.

– Tu as pas le choix !

La voix du Numéro Un était stridente.

– On peut pas être contre les X !

Sonny crut qu'il allait réussir. Il était presque à la porte des latrines quand ils le frappèrent. Ils se mirent à deux sur son dos, comme des loups sur un cerf. Il en écrasa un contre le mur, avant de raidir le dos sous le coup d'une douleur vive. Une autre douleur encore, sur le côté cette fois. Un objet lourd le cogna derrière la tête.

Il tomba. Il sentit la carte d'anniversaire en polystyrène craquer sous sa poitrine. Le carrelage frais apaisa la chaleur de sa joue. Avant que son regard ne se trouble, il vit son sang éclabousser le sol blanc. La couleur de la robe de Doll.

10

Sonny rêve qu'il marche sur le vent.

En bas, sous les nuages, les collines vertes aux reflets violacés de la terre des Moscondaga.

Marchant à vive allure, un homme remonte un sentier, longe un chemin de crête, puis descend le flanc d'une colline. C'est un messager de la Nation. Un Valeureux. Au détour d'un virage en zigzag, il disparaît pour réapparaître plus loin. Jake Stump. Il a le visage couturé par les années, mais son corps est encore jeune et souple. Il apporte un message.

– Ça va, mon fils, ça va aller.

Sa voix, douce et égale, parvient à Sonny portée par les ailes d'un faucon.

A présent, ils sont deux à courir sur le sentier, foulant à enjambées égales la terre de la vallée. Le soleil se réverbère sur l'arme coincée au creux des reins d'Al Brooks.

– Salut, petit gentleman, tu seras bientôt guéri.

– Je peux pas le forcer à rester à la Réserve, dit Jake.

– Si on le laisse en liberté en ville, c'est un homme mort !

Des poches de plastique oscillent au-dessus de Sonny. Les tubes qui en sortent serpentent jusque dans ses bras.

– Vous n'avez qu'à trouver sa mère, dit Jake. Peut-être qu'elle signera maintenant…

– Ça servira à rien. L'armée ne voudra pas entendre parler de lui avant que son accusation soit tombée.

– Combien de temps ?

– Qui peut prévoir ? Les tribunaux sont embouteillés.

Alors, les voix partent à la dérive.

Il les suit sur le Deuce où Doll attend. Elle porte une peau de daim blanche rebrodée de perles.

– Tu étais où, Sonny Boy ?

Derrière elle, dans la Grotte, Mo jette une boule de pâte à pizza en l'air.

Sonny s'approche de Doll, mais de près, c'est le visage de sa mère qu'il découvre.

– Où tu étais ?

– Je m'occupais de nos affaires, Sonny. Mo adore mes bracelets et mes boucles d'oreilles... il va les vendre dans sa salle de jeux.

Sa mère le picore de ses yeux d'oiseau.

– Je vais ramasser un max ! Je te ferai venir. On aura un tepee rien qu'à nous.

Il s'entend hurler. La douleur est cuisante. Il se réveille.

– Infirmière ! cria Brooks.

Une piqûre d'aiguille en haut du bras, et il se retrouve en train de marcher sur le vent.

En bas, les deux hommes courent sur les sentiers en discutant.

– Quand Sonny cogne, dit Jake, c'est bon, on met du temps à se relever !

– M'en parlez pas ! On peut dire qu'il a quelque chose dans le gauche.

– Le meilleur ! Et rapide en plus. Mais il ne veut jamais m'écouter.

Sonny se sentait au chaud, en sécurité, comme s'ils le faisaient avancer sur le sentier, soutenu par leurs épaules.

– C'est vous qui l'avez entraîné ?

– Un peu. Je l'ai mis dans une salle de Sparta. Il a fait du bon boulot pendant un moment. Après ça, une espèce de cinglé a commencé à le chercher, ce qui fait que Sonny l'a flanqué au tapis comme une lavette.

– Soupe au lait…

– Non, non… Il a toujours été très calme, depuis tout petit… pas bavard. Il va dessiner en cachette, mais ça, personne n'est censé le savoir… En fait, il se laisse plutôt chahuter sans broncher. Et puis, d'un seul coup, attention !

– Personnalité passive-agressive.

– C'est l'esprit du Mal.

– Vous croyez à ce genre de truc ?

– Vous n'avez jamais vu *L'Exorciste* ? C'est pareil, sauf que là, c'est un esprit indien. Faut que ça sorte, sinon il vous bouffe de l'intérieur, il vous détruit. Une fois qu'il est sorti, c'est un faucon qu'on peut suivre pour aller là où on doit aller.

– Un faucon… Laissez-moi rire !

– Tant qu'il est à l'intérieur, ça rend fou. C'est ce qui s'est passé avec le gardien.

– Ça, c'était pas de la folie : c'était logique. Pour garder ses cheveux.

– Il ne s'était jamais occupé de ça avant. Il mettait toujours son côté blanc en valeur.

– Son côté blanc ?

– Le père du gamin était blanc. Tué au Vietnam. C'est ce qu'on dit.

Sonny essaya de se rapprocher un peu plus de leurs voix. Ils parlaient de son père. Quand il lui posait des questions sur son père, sa mère changeait toujours de sujet.

Le médecin lui pinça le gros orteil.

– Tu as eu de la chance, mon garçon. La pointe du couteau est passée à un millimètre de ton cœur !

Jake grommela.

– Quand on a de la chance, on se fait pas taillader du tout !

Le docteur lâcha un petit rire poli.

– Alors, tu es prêt à te lever pour me montrer comment tu marches ?

Deux infirmières firent passer ses jambes sur le côté du lit. Elles durent l'aider à se lever et le soutenir. Ses jambes étaient incapables de le porter.

La douleur le sidéra. Un raz-de-marée brûlant. Il suffoqua et perdit le souffle. La sueur avait trempé le pyjama qu'on lui avait passé pour l'opération et des taches de sang suintaient des points de suture qui lui barraient le dos et le flanc.

Les infirmières l'encouragèrent.

– C'est ça, oui, c'est bien.

– Vas-y mon garçon, lui dit Jake.

Il entendit le médecin.

– Maintenant, encore un, Sonny, pour moi.

Il le fit pour Brooks qui, assis dans un coin, silencieux, le visage impassible, le sommait d'avancer, les yeux fixés sur lui. Il eut envie de s'arrêter, de retourner s'écrouler dans son lit, qu'on lui fasse une piqûre qui le renverrait sans douleur dans les nuages. Mais le regard insistant de Brooks le poussa à se traîner, pas à pas, aidé par les épaules des infirmières qui lui servaient de béquilles, suivi par les poches de sérum de l'intraveineuse qui se balançaient au-dessus de lui, pendues à la crémaillère métallique. « Continue, petit gentleman, montre-moi ce que tu sais faire à part cogner et te tirer. »

– Vas-y mon gars ! s'écria Jake.

– Encore un effort, courage, reprirent les infirmières.

Il entendit le médecin parler à Brooks.

– Il est solide ce gosse. Il a vaincu l'infection.

Maintenant nous devons contrecarrer l'atrophie musculaire et le déficit des fonctions pulmonaires et intestinales. Dix jours sur le dos, c'est long...

« Dix jours. J'aurais cru que ça faisait quelques heures. »

– Il faudrait qu'il coure d'ici une dizaine de jours, déclara Brooks.

– C'est-à-dire, euh...

Le médecin se frotta le menton.

– ... Il faut voir comment il progresse, on pourrait envisager sa sortie d'ici une semaine ou...

– Il sera sorti vendredi, répliqua Brooks. Jake le mettra sur la route lundi prochain. Un ou deux petits kilomètres pour commencer.

– N'est-il pas toujours... euh, détenu, légalement parlant ? demanda le médecin.

– Relax, Doc ! C'est mon prisonnier...

*
* *

Il reçut une adorable carte de convalescence, un chat de B.D. qui s'agrippait du bout des griffes à la corde qu'une souris tenait au-dessus d'un précipice avec un grand sourire. Sous le texte imprimé à l'intérieur, « Accroche-toi », un gribouillis enfantin disait : « A Sonny, tout mon amour, Heather ». Il n'y avait pas d'adresse.

Quand les infirmières vinrent le chercher pour aller marcher dans le couloir, l'une d'elles scotcha la carte au-dessus de son lit et le taquina sur sa petite amie. Il trouva ça agréable. Il travailla dur ce matin-là et s'obligea à faire des tours de piste supplémentaires autour des postes de garde des infirmières. Quand il revint, il décrocha la carte postale et la cacha. Brooks savait peut-être que Heather était le vrai nom de Doll.

Mais quand il arriva après le dîner, Brooks avait l'air trop fatigué pour remarquer quoi que ce soit. Il s'affala dans un fauteuil près du lit.

– Les planques, ça vous tue !

– Stick ?

– Je l'aurai.

– Vous le détestez tant que ça...

– C'est une longue histoire.

– Vous savez, je ne comptais pas sortir ce soir.

– Je vais tâcher de faire court. James Mosely était mon meilleur ami – on a tout fait ensemble depuis la maternelle, il est venu habiter chez moi quand ma mère... Passons, un jour il s'est mis à voir des gens louches, il a commencé à se piquer à l'héroïne. Je l'ai aidé à se désintoxiquer. On s'est engagés dans l'aéroportée ensemble... Chez les Viets, on a bien dû se sauver la vie une douzaine de fois. Quand on est rentrés, les mecs l'attendaient avec le premier fix gratuit. Un mois plus tard, il a fait une overdose. Chaque fois que je pense à Stick, je pense à James, à tous ces James qui sont encore là-dehors...

Brooks s'essuya les yeux et quitta la pièce. Sonny mit longtemps à s'endormir ce soir-là. Il n'avait jamais eu d'ami comme James. Et ça pour le voir mourir après tout ce qu'ils avaient vécu ensemble. A cause de la drogue. Vendue par un type comme Stick.

Une nuit, alors qu'ils regardaient un combat professionnel à la télé, Brooks hocha la tête en voyant les coups de poing.

– Vous boxez ? demanda Jake.

– Un peu de combat amateur, quand j'avais son âge.

– Et vous étiez bon ? demanda Sonny.

– Pas mal de rapidité. Mais pas d'instinct de tueur, j'avais pas beaucoup de punch.

– Comment vous êtes venu à la boxe ? continua Sonny.

– J'allais nulle part, la bande du quartier me donnait du fil à retordre, alors je suis allé apprendre à me battre. Le type est mort aujourd'hui, mais sa salle est toujours là. C'est le Gymnase de Donatelli, à Harlem, juste au croisement de la 125e Rue et de la 7e Avenue. C'est un ami à moi qui la dirige maintenant, Henry Johnson. Quand Jake t'aura remis en forme, tu iras t'entraîner là-bas.

Jake hocha la tête.

– Al a des projets !

– Tu veux être boxeur, non ? demanda Brooks.

Sonny se hissa un peu plus haut sur son lit.

– Je ne sais pas.

– On ne sait jamais rien tant qu'on n'a pas essayé.

Brooks montra l'écran du doigt.

– A ton avis, ces types sont meilleurs que toi ?

Sur l'écran du poste noir et blanc accroché au plafond, deux silhouettes floues se décochaient des rafales de coups qui les laissaient sans souffle. Sonny pesa ce qu'il allait répondre. Il avait envie de faire plaisir à Brooks. Finalement, il lança :

– Non.

– Tu as tort, répondit Brooks. Tu aurais peut-être un meilleur punch, peut-être même plus de rapidité et d'intelligence, et plus de force aussi, mais eux, ils se sont manié le train et ils y sont arrivés. Ils ont couru tous les jours, ils ont passé des heures en salle, ils ont lâché l'alcool et la mauvaise bouffe, ils ont regardé des enregistrements de vieux combats, ils ont écouté leurs entraîneurs.

– Je serais capable de le faire, répliqua Sonny.

– Eux, ils ont la maîtrise.

– Je pourrais essayer.

– On verra ça, répondit Brooks.

Il y eut une fête la veille de son départ. Les médecins, les infirmières et quelques patients de l'étage vinrent s'entasser dans sa chambre pour manger le gâteau, la glace, le soda et les chips que Brooks avait apportés.

– Vas-y tant que tu as le droit, dit Brooks. Une fois à l'entraînement, tu pourras oublier ces trucs-là.

Mme Brooks, une femme au visage rond et au

sourire engageant, fit une apparition. Sonny n'avait jamais imaginé Brooks comme un homme marié menant une vie en dehors du Port. Quand Mme Brooks lui montra des photos de leurs deux petites filles, il se sentit jaloux.

Jake avait des nouvelles de sa mère.

– Elle n'était pas en ville depuis un moment, mais la galerie a vendu des trucs pour elle et ils disent qu'elle va bientôt s'installer. Je lui ai laissé un message pour qu'elle nous appelle à la Réserve.

Il espérait qu'elle n'appellerait pas. Brooks avait des projets pour lui. Elle ne pouvait que les gâcher.

Avant de sortir, Brooks lui serra l'épaule. C'était le premier signe physique qu'il lui donnait de son amitié.

– A partir de maintenant, tu écoutes ce que Jake te dit. Il peut te rendre fort. Ces Messagers Valeureux ont dû être de sacrés étalons.

– Je crois pas à ces trucs-là.

– Moi, je crois à tout ce qui marche, rétorqua Brooks. Plus vite tu te mettras en forme, plus vite on pourra te ramener en ville pour que tu t'entraînes chez Donatelli.

– Vous êtes sérieux?

– Tu crois que je fais des ronds de fumée?

Il avait envie de demander à Brooks s'il s'était servi de lui pour arriver à Stick, s'il savait qu'il frapperait le lieutenant Deeks et qu'il tiendrait tête aux X, mais il n'avait pas envie de risquer d'entendre une réponse qui gèlerait la chaleur qu'il éprouvait à ce moment-là. Alors, il répondit:

– Je ne sais pas.

– Comme ça, tu verras.

L'espace d'un instant, les yeux de Brooks parurent gentils.

– Je suis désolé de la façon dont ça s'est passé pour toi jusqu'à maintenant. J'en suis en grande partie responsable.

Puis son regard se durcit.

– Faut que j'y aille, petit gentleman. Et n'oublie pas de suivre les conseils de Jake.

La route du retour à la Réserve fut longue et étouffante. Il n'y avait pas de climatisation dans la dépanneuse. Sur la voie rapide, vitres ouvertes, il y avait trop de bruit pour parler autrement qu'en hurlant. Ils ne dirent pratiquement pas un mot jusqu'à l'embranchement de Sparta où ils prirent la direction de la Réserve par des chemins vicinaux qui firent bientôt place à des sortes de tunnels verts creusés à travers la forêt.

– Ce soir, dit Jake, je veux que tu rêves des faucons.

Sonny essaya de ne pas rire.

– Comment ça ?

– Ça te donne la vision. Mon grand-père était le dernier des Messagers Valeureux. L'homme blanc savait le puissant médicament que c'était, ce que ça donnait au Moscondaga. Homme blanc terrifié !

– Pourquoi ?

– Les gens ont besoin d'avoir quelqu'un à respecter. Rien que par leur présence, les Messagers Valeureux offraient l'espoir et la force aux gens. Ils leur apportaient un message : « Vous ne devez pas pleurer sur votre sort, vous n'êtes pas obligés de vous saouler à mort, vous n'avez pas à faire tout ce que l'homme blanc raconte. » C'est pour ça que l'homme blanc a démantelé le groupe des Messagers Valeureux.

– De quelle façon ?

– Les hommes du gouvernement sont venus,

ils ont dit que les Messagers Valeureux étaient une société secrète, qu'elle était contre la loi. Ils ont menacé les chefs. Ils allaient perdre l'argent du gouvernement. Aller en prison. Alors les chefs ont pris peur et ils ont banni les Valeureux.

Il n'avait jamais entendu autant de dureté et d'amertume dans la voix de Jake.

– Qu'est-ce qui est arrivé à ton grand-père ?

– Ton arrière-arrière-grand-père. Il a été tué par un chauffard. Dans la Réserve, un matin, pendant qu'il courait. Il ne s'était jamais arrêté de courir. Il voulait être prêt quand le Peuple aurait de nouveau besoin de lui.

Jake se mit à glousser.

– Les hommes du gouvernement se sont figuré que les Messagers Valeureux étaient morts avec mon grand-père. Ils ne savaient pas qu'il m'avait transmis tous ses secrets. Et que je te les raconterais.

11

Il fut réveillé par un tremblement de terre, un martèlement qui le fit claquer des dents. Une voix fracassante résonna :

– Debout, lève-toi, on y va !

Il ne réussit pas à savoir où il était – en réclusion, à l'hôpital, dans un rêve – avant d'avoir entendu les chiens hurler à cause de ce tapage.

– ALLEZ !

Il se redressa trop vite, ce qui lui donna le vertige et, en sautant du lit, sentit un élancement qui mit ses cicatrices à vif. Il tituba jusqu'à la fenêtre et s'écrasa le gros orteil contre le mur. Il avait le cerveau embrumé et les yeux collés.

Jake dansait au clair de lune.

Le vieux ne portait rien d'autre qu'un pagne. Il agitait une brassée de petites branches de pin. Quand il aperçut Sonny, il brailla :

– Viens lancer le bâton!

Pieds nus, il sautillait lestement d'une jambe sur l'autre.

– Tu as bu?

Jake lança un bâton en l'air, le rattrapa avec précision sur le cou-de-pied gauche avant de l'envoyer sur le pied droit. Il continua à sauter, faisant passer le bâton d'un pied à l'autre.

– Un ivrogne, faire ça? Allez, viens.

Sonny sortit par la fenêtre.

– Qu'est-ce que tu fais?

– Equilibre. Jeu de jambes. Concentration.

Il ne ratait pas une passe.

– C'est la première chose qu'apprend un Valeureux.

– Il n'y a plus de Messagers Valeureux.

– C'est ce qu'on croit.

Il fit voler une branche vers Sonny.

– Tiens.

Le bâton heurta le pied gauche de Sonny et rebondit dans l'obscurité.

– Pas grave. J'en ai plein.

Sonny se débrouilla pour envoyer le bâton suivant en l'air, mais il le manqua à la descente. Il garda le troisième deux passes de suite avant de trébucher sur une pierre et de perdre le rythme.

– C'est nul ce truc !

– Oui, si tu n'y arrives pas…

Jake lança son bâton au niveau des yeux et le saisit au vol entre le pouce et l'index.

– Tiens, prends une gorgée.

Il pointa la branche vers un thermos posé par terre.

– Sans avaler.

– Qu'est-ce que c'est ?

– Une tisane. Tu la gardes dans la bouche pendant que tu lances le bâton.

– Pour quoi faire ?

– Pour apprendre à respirer par le nez. Et plus de questions maintenant.

Sonny dévissa le bouchon du thermos. Une odeur d'herbes amères ratissa les poils de ses narines.

– Ça sent mauvais !

– Et ça a aussi mauvais goût. Tu peux en garder une gorgée trois minutes ? Le temps d'un round ?

– Evidemment.

Il prit une rasade. Ça lui brûla la langue.

– Tiens.

Le bâton rebondit une fois de plus sur son pied gauche. Il prit le rythme avec le bâton suivant, vraiment facile... un, saut, deux, trois... «J'y arrive!» ... quatre, il oublia de respirer par le nez... cinq, il avala... six.

La tisane traça un sillon brûlant dans sa gorge et grésilla au fond de son ventre comme de la lave en fusion.

En éruption, même.

Il se plia en deux, comme sous le coup d'un uppercut à l'estomac, étranglé par une quinte de toux. Le dîner de la veille remonta en bouillonnant dans sa bouche et une flaque argentée s'étala entre ses pieds. Quand il eut repris son souffle et qu'il se redressa, Jake jonglait avec deux bâtons aux pieds. Il n'avait même pas de mal à respirer.

– Bon exercice.

Il lança les deux bâtons par-dessus la tête et les rattrapa derrière lui, d'une seule main.

Sonny garda la deuxième gorgée plus d'une minute. Il lança six bâtons de travers avant de retrouver le tempo, en huit passes il perdit le réflexe de respirer en rythme par le nez. Cette fois, il était préparé à l'amerrissage cuisant et au rejet volcanique, mais le contrecoup fut plus terrible que la première fois. Il fut pris de nausée l'estomac vide et se mit à cracher de la bile. Il eut l'impression que ces haut-le-cœur stériles allaient faire éclater ses cicatrices.

– Ça commence à rentrer, dit Jake. Ça sera plus facile demain!

Le vent nocturne hérissa sa peau couverte de sueur, ce qui lui rappela subitement qu'il ne portait rien de plus que le slip dans lequel il avait dormi. Il devait avoir l'air aussi ridicule que Jake avec ses langes de cuir ancestraux.

– Tu vas essayer autre chose maintenant.

Jake leva ses mains jointes à hauteur de la poitrine, comme s'il priait.

– Tu tends les bras devant toi.

Un jeu d'enfant vieux comme le monde. Sonny étira les bras, plaçant les paumes de part et d'autre de celles de Jake. A main gauche, la première lueur du jour bordait les collines de la terre des Moscondaga d'un glacis rose. Bientôt l'aube. Fallait en finir avec ce truc avant que les gens commencent à se réveiller.

– Allez! Claque des mains pour écrabouiller les pattes de ton vieil oncle.

Sonny pensa à Brooks qui l'avait obligé à lui coller des crochets du gauche dans la salle d'interrogatoire. « Ils essayent toujours d'en remontrer aux gens, de les humilier, de prouver que le meilleur c'est le plus vieux, en les rabaissant. On va voir ce qu'on va voir. » Une sensation familière remonta le long de ses jambes pour gagner son estomac enflammé.

D'abord, il enfonça ses pieds nus dans la terre sablonneuse pour avoir une meilleure prise, mais Jake le contournait déjà par la droite à petits pas chassés. Les yeux de verre de la casse de voitures lançaient des clins d'œil à la lumière qui se levait.

Clac!

Ses paumes picotèrent. Jake avait laissé retomber ses mains au dernier moment.

– Bouge pas!

Sonny s'enfonça dans le sol. « Je vais te les écrabouiller, tes vieilles pattes. »

Clac!

Encore un raté complet.

– Y a pas que les réflexes qui comptent, parce que sinon les tiens sont plutôt rapides.

Clac !

Ses pouces s'entrechoquèrent et la douleur se répercuta dans ses poignets.

– C'est l'entraînement qui compte. Guette les convulsions du muscle, le mouvement des yeux, la respiration rapide, le signe que je vais bouger les mains.

Clap !

Il avait les mains brûlantes maintenant.

– Les Messagers Valeureux écoutent avec leurs yeux, ils observent les gens.

Derrière Jake, la lumière se levait dans le ciel. Il ne voyait pas les yeux du vieux.

Clac !

Il avait mal aux bras et aux épaules.

– Garde-les en l'air, lança Jake.

Il était à contre-jour.

– Guette les signes !

L'aube était arrivée, le ciel était bleu pâle et il ne voyait pas les yeux de Jake. Il voyait à peine ses mains.

Clac… Clac… Clac…

Le haut de son corps était en feu, les cicatrices s'étaient toutes déchirées, ses tripes dégringolaient dans la poussière et le soleil levant l'aveugla.

Il entendit le monstre. « Colle-lui un crochet, il est juste en face de toi, là, c'est tout ce qu'il mérite ! » Il ravala le monstre et sentit le goût de ce qu'il avait vomi. « Il s'est foutu de toi, il a pas joué franc-jeu, il ne t'a pas dit que c'était la position, la clé du jeu. Il t'a influencé pour que tu te mettes dans le soleil. »

– On arrête, dit Jake. Ça t'a appris quelque chose ?

– Il faut toujours savoir où on est.

Le vieux lâcha un grognement.

– Tu n'es peut-être pas aussi bête que tu en as l'air. Allez, un autre petit jeu.

Il fit asseoir Sonny par terre, jambes croisées.

– Tu te souviens de l'alphabet des animaux ?

– Je l'ai assez entendu quand j'étais petit.

– Alors, tu vas bien m'écouter. Quand j'aurai fini, je te poserai une question. Tu es prêt ?

– Vas-y.

Il se sentait complètement réveillé, l'esprit et le corps vidés, ouverts.

– Le Créateur a donné à l'araignée la patience, au bison, une bosse, à la chèvre, l'obstination. Le daim a reçu la vitesse et l'éléphant une bonne mémoire. Tu te rappelles tout ça, Sonny?

– Vas-y, continue!

Il n'allait pas laisser Jake le distraire. Il se faisait une image mentale des talents de chaque animal. Il serait prêt quand Jake lui poserait sa question.

– Le faucon a eu la vision, la girafe, l'élégance, le hibou, la sagesse, l'iguane change de couleur, le jaguar a la souplesse, le kangourou, une poche pour son bébé, le loup, une meute... Je vais trop vite pour toi?

– Pas de problème.

– La marmotte attend son heure, le naja est venimeux, l'opossum peut faire le mort, la puce est voyageuse, le quapactol chante au paradis, le renard a eu la ruse, le singe, la malice, la tortue, la ténacité, l'urubu dévore tout si le vautour n'est pas déjà passé, le xochitol a disparu, le yack a eu la force et le zèbre des rayures.

Jake lança un sourire triomphal.

– J'ai pas fait ça depuis un bout de temps. Alors?

– Alors, c'est quoi la question?

– Je viens de te la poser. Lequel tu n'as pas entendu ?

Jake gloussa et bascula sur ses hanches osseuses.

– Il manque quelque chose. Quoi ?

Encore un piège ! Sonny se sentit petit et bête tout à coup.

– Je ne sais pas.

– La lettre W. Il n'y a pas de créature pour le W, s'écria Jake en se frappant le genou. Les gens ne sont pas capables de penser à plus d'une chose à la fois. On arrive à les troubler, à les lancer dans une autre direction. Mais un Valeureux doit penser à tout, tout le temps.

– J'en ai marre !

Sonny se leva. « Qu'est-ce que je fiche ici en slip avec un vieux branque au milieu de cette zone à la con ? »

– Ça ne marchera pas.

– Les Messagers Valeureux se concentrent, ils écoutent, ils réfléchissent.

– Maintenant, tu me lâches, Jake ! Lancer des bâtons, taper dans les mains, les jeux d'enfants... Tu as vu trop de films. Tu crois qu'on est dans Karaté Kid chez les Peaux Rouges ?

– Les Japs sont des gars intelligents aussi, dit Jake. Bons combattants. J'ai dû en tuer quelques-uns pendant la Grande Guerre. C'est pour ça que je n'ai pas pu être chef. Les chefs moscondaga n'ont pas le droit d'avoir du sang sur les mains.

– Tu n'as pas pu être chef parce que tu vis dans le passé ! Tu crois aux contes de fées !

Jake se leva.

– C'est quoi ton excuse ?

– Hein ?

– Oui, ton excuse pour pleurer sur toi-même, pour laisser la vie te tomber dessus au lieu de la prendre à bras-le-corps. Tu as une chance là, tu te mets en condition, tu apprends la boxe, peut-être même que tu deviendras boxeur. Brooks pense que tu peux vraiment y arriver. Moi, je n'en suis pas sûr. Tu as pris le pire des deux côtés.

– Qu'est-ce que ça veut dire ?

– Ton côté blanc te trouve trop bien pour travailler dur, mais ton côté indien pense que tu ne l'es pas assez pour réussir.

Autour d'eux, la Réserve se réveillait, les voitures faisaient ronfler leur moteur, les portes claquaient, les fourneaux crépitaient. Sonny se sentit tout nu.

– Bon, ben, il ne te reste plus qu'à trouver le meilleur des deux côtés, dit Jake en lui tapotant le bras. Allez, va te mettre quelque chose sur le dos. Et fais-toi un petit déjeuner.

Plus tard, il retrouva Jake sur la véranda à l'arrière de la maison. Celui-ci l'attendait avec des cruches d'eau et de jus d'orange et un grand bol de flocons d'avoine. Une tache de miel de la grosseur d'une pièce d'or luisait au milieu des céréales.

– Il faut calmer ton estomac. Commence par boire huit verres d'eau tous les jours, plus deux de jus de fruit.

Jake le regarda manger.

– Fais le tour de la maison pour digérer, et après retourne te coucher. Quand tu te réveilleras, on ira courir un peu.

Il suivit le doigt de Jake, pointé de l'autre côté de la casse, vers les collines moscondaga, vertes dans le soleil matinal, rayées de chemins bruns sinueux.

– On court un peu plus tous les jours, et on porte une charge plus lourde. Un jour, on courra jusqu'au sommet du Stonebird. Et là, je te laisserai seul.

Le porridge apaisa son estomac. Jake mélangea

un peu d'eau et de jus de fruit dans un verre. Sonny but avec plaisir. Il se sentait mieux.

– Après ta course en solitaire, tu seras prêt.

– Prêt à aller chez Donatelli ?

– Prêt à suivre le faucon.

12

La douleur rongeait chaque recoin et chaque lézarde de son corps. Ses orteils lui faisaient mal, il avait mal aux hanches, sans compter ses paupières. Une masse martelait ses cicatrices rougies et boursouflées. Mais Jake le forçait à passer au-dessus de ça.

– Ça va, ça fait mal, c'est juste de la douleur.

Et ils continuaient à courir le long du chemin, Jake en chantonnant, Sonny à bout de souffle. Il avait mal aux mains d'avoir malaxé le caoutchouc des pneus de la casse pour se développer les poignets et les bras. Il avait les cous-de-pied à vif à cause de ses lancers de bâton matinaux.

La première semaine passa comme un mirage. A la première lueur Jake le secouait et le traînait dehors. Là, il l'obligeait à s'étirer, se plier et se tordre jusqu'à ce que la peau, les muscles et les tendons se mettent à brûler. Après, ils lançaient des bâtons. D'un pied sur l'autre ou entre eux, ou encore d'avant en arrière, selon des figures toujours plus compliquées. Après le petit déjeuner et une longue marche, suivaient des jeux sur les mots, des jeux de ficelles, puis une longue course à pied. Le soleil levant adoucissait les contours de son esprit, comme la flamme assouplit la cire. Il ne pensait plus qu'à son entraînement maintenant, chaque jour plus intense, plus difficile, plus pénible. Il coupait du bois pour développer ses épaules et son dos. Il traversait le ruisseau en sautant sur les pierres glissantes pour améliorer son équilibre. Quand il sentit qu'on les observait dans la Réserve, il pensa aux loups et aux lions sauvages de Whitmore. Jake ne paraissait pas faire attention. Un jour, ayant l'un et l'autre remarqué de loin le bref éclat du soleil sur les lentilles d'une paire de jumelles, ce dernier se contenta de glousser en disant :

– Les chefs vont bientôt envoyer quelqu'un, ils nous font observer.

Il aidait Jake à la casse. Ils partaient en chasse sur les hectares de voitures compressées, à la recherche de la pièce particulière qu'on leur avait commandée. La jauge de tableau de bord d'une voiture d'importation peu courante, un ancien enjoliveur de capot, le moteur d'un modèle qui ne se faisait plus... Ça lui plaisait de travailler avec lui, il avait l'impression d'être utile. Sans beaucoup parler, ils retiraient les coussins moisis des banquettes, houspillaient les petits animaux qui détalaient devant eux, déclenchant les aboiements féroces des chiens qui se lançaient à leur poursuite, ils se démenaient ensemble pour déposer un moteur.

Une bonne trouvaille signifiait qu'ils iraient livrer la pièce à Sparta. Après la livraison, ils utiliseraient une partie du liquide pour faire un plein de viande, de légumes et de fruits, puis, sur le chemin de retour, ils loueraient une vidéo ; parfois les films de karaté que Jake aimait bien, le plus souvent l'enregistrement d'un match de boxe. Chez eux, ils regarderaient la cassette jusqu'à ce que l'un d'eux se mette à bâiller.

Le soir, assis au bord du lit, Jake pressait les pouces sur les muscles tendres de ses jambes et de son dos et chassait la douleur en lui racontant des histoires à mi-voix.

– Un jour, pendant une mission pour la Nation, mon grand-père s'est fait mordre à la jambe par un crotale. Il savait que s'il continuait à bouger, le poison irait droit au cœur. Alors, il s'est refermé sur lui-même. Il s'est mis en état de «petite mort». Il a bloqué ses veines et ses artères, ralenti son souffle en respirant juste assez pour garder son cerveau en vie. Il a vu les soleils se lever et retomber mais il n'a pas pu les compter. Il est resté allongé là, sans personne à part son esprit. Le Faucon l'a surveillé sans arrêt. Finalement ses frères Valeureux l'ont trouvé, ils ont sucé le poison et l'ont emmené chez un guérisseur.

– Un vrai conte de fées, marmonna Sonny en se laissant glisser dans le sommeil sous le massage de Jake.

Puis, c'était de nouveau l'heure de se lever. Lancer le bâton et courir, couper du bois, sauter de pierre en pierre sur la mousse le long du ruisseau.

Finalement, un sous-chef, l'un des plus jeunes, arriva tranquillement à la casse en faisant semblant de chercher une pièce de moteur.

– J'ai vu que tu courais…

– Ouais.

– Vous avez un combat?

– Pas tout de suite.

– Prends sur toi en tout cas...

– Qu'est-ce que ça veut dire? lança sèchement Jake.

– J'ai entendu parler de Hillcrest...

– Ils ont truqué son match!

– On n'a pas besoin de se faire d'autres ennemis, répondit le sous-chef.

– Avec toi comme ami, évidemment! répliqua Jake.

Enervés par la dureté de leurs voix, les chiens s'étaient approchés en grondant. Le sous-chef haussa les épaules et s'éloigna.

Jake éleva le ton afin qu'il l'entende.

– Son grand-père siégeait au Conseil quand ils ont banni les Valeureux.

Surpris par la fureur de Jake, Sonny répondit:

– Ça fait longtemps.

– Il y a des choses qui ne changent jamais, reprit Jake. C'est pour ça que c'est pas comme chez les Onondaga ou les Mohawk chez nous... Là-bas, leurs chefs sont forts.

Sonny éclata de rire.

– C'est pour ça que tu vis tout seul, personne ne vient te voir!

Jake fit un sourire.

– Ils n'ont qu'à croire que je ne suis qu'un vieux Peau Rouge complètement cinglé qui guette les bruits de pas sur le sentier de la guerre... Ils vont avoir une grosse surprise un de ces jours!

Ce soir-là, ils regardèrent une vidéo des meilleurs combats de Mohammed Ali. Sonny fut étonné de voir les risques qu'Ali prenait sur le ring, quand il se renversait en arrière pour esquiver les coups au lieu de les laisser glisser.

– C'est difficile d'apprendre à boxer en prenant exemple sur lui, dit Jake. Il avait sa façon bien à lui. Mais on peut apprendre beaucoup de son comportement en dehors du ring. Il était de son peuple. L'homme blanc lui a donné du fil à retordre, il a essayé de lui faire abandonner sa religion, de l'engager dans l'armée, de lui faire dire des choses auxquelles il ne croyait pas. Pendant longtemps, on ne l'a pas laissé boxer. Mais il a tenu tête pour ce qu'il croyait juste.

Plus tard, tandis qu'il lui massait les jambes sur son lit, Jake ajouta:

– Mais il y a eu aussi des Noirs pour mener la vie dure à Ali. Les gens ont toujours quelque chose à dire sur ce que les autres devraient être, surtout quand ils deviennent des grands. Tu verras peut-être ça un jour, Sonny.

Il lui donna une tape sur les cuisses.

– Allez, dors, va.

Et puis, un matin, il se redressa sur son lit avant l'arrivée de Jake. Il faisait encore nuit. C'était le moment où tout était frais et silencieux, avant l'aube, à l'heure du loup.

Quelque chose avait changé. Il attendit que ses yeux ne soient plus embrumés de sommeil et qu'ils se soient accoutumés au clair de lune qui entrait par la fenêtre pour pouvoir parcourir du regard la pièce et ce qu'il voyait de la cour. Rien. Il écouta assez longtemps pour que les bruits de la nuit, séparés les uns des autres, se distinguent. Le bavardage incessant des oiseaux, le bruit régulier des insectes et le bruissement de l'herbe et des branches d'arbres. Des sons familiers. Il sentit la brise dresser les poils de ses bras et savoura la fraîcheur de la rosée. Il renifla les odeurs diverses du bois de chauffage. Rien de neuf là-dedans.

Pas de douleur.

Aucune trace de douleur ce matin-là. C'était ça, la différence. Il s'allongea et ferma les yeux pour écouter son corps, des orteils à la racine des cheveux. Il eut une sensation de force.

« Je peux y arriver. Je peux me mettre en condition. Il ne faudra plus longtemps avant que je sois prêt pour le Stonebird. Que je sois prêt à grimper au sommet de la plus haute montagne de Moscondaga avec cinquante kilos de pierres sur le dos, prêt aussi à rester seul là-bas avec les serpents, les loups, les lions sauvages et surtout avec les créatures les plus effrayantes de toutes, les ombres obscures de l'avenir qui rôdent dans les recoins de mon esprit. Je penserai à ma vie. Après, je descendrai de la montagne, prêt à retourner en ville, chez Donatelli. Pour être boxeur.

« Brooks sera là.

« Doll aussi. »

– Comment tu te sens ? demanda Jake.

Il sursauta. Il ne l'avait pas entendu entrer dans la pièce.

– En forme.

Jake s'esclaffa.

– Va falloir que tu t'en occupes très vite!

Ce matin-là, il commença à courir avec une pierre dans chaque main. Peu à peu la douleur traça un nouveau circuit qui barra le haut des épaules. Mais ce n'était plus la même souffrance, celle-là était bienvenue. «Qu'elle vienne, je suis capable de la supporter!» Bientôt elle aurait disparu, elle aussi, et les muscles seraient plus forts.

Comme il se sentait mieux, le monstre s'éveilla, murmure lointain, un écho, une ombre. Il le repoussa. Mais il était là et sa présence le mit mal à l'aise. Deviendrait-il assez fort pour tenir le monstre à sa place?

Un après-midi, ils marchaient sur un sentier coupe-feu, Sonny haletant sous les vingt-cinq kilos de pierres de son sac à dos tandis que Jake élargissait le chemin avec une vieille machette rouillée qu'il faisait claquer de gauche à droite comme une extension de son bras décharné, lorsque, tout à coup, le vieux s'arrêta pour pointer la lame ébréchée sur les hauteurs de béton de Sparta.

– Aussi loin que va ton œil, c'était la terre des Moscondaga dans le temps... Et regarde maintenant!

Sonny suivit la pointe de la machette vers le bas de la montagne. La Réserve avait l'air si petite vue d'en haut. Des bâtiments déglingués et pathétiques, blottis les uns contre les autres dans une clairière – la maison des anciens, l'église chrétienne, la salle commune, le magasin général. Les logements étaient pour la plupart des cabanes ou des mobile-homes éparpillés autour du cimetière et du réservoir. La maison de Jake ressemblait à une boîte jaune dans un champ étincelant de tôle et de verre. Les bois profonds et sombres qu'il avait aimés n'étaient plus qu'un bouquet clairsemé d'arbres dénudés.

– Tout ce qui reste, dit Jake. Tu devines ce qui s'est passé ?

– C'est l'homme blanc qui a tout volé.

Sonny sursauta au son de sa propre colère. Le côté indien...

– Certains des chefs nous ont vendus, faut dire. L'homme blanc n'aurait pas pu le faire tout seul. Pas si on avait uni nos forces.

– Tu penses que ç'aurait été différent avec les Valeureux ?

Jake se retourna.

– Les Valeureux sortent du Peuple.

– Qu'est-ce que tu veux dire?

– Si le Peuple a envie d'être fort, il y aura toujours des Valeureux pour l'aider à devenir ce qu'il veut être.

Il leva la main droite.

– Regarde!

Très lentement, il enfonça son pouce entre le troisième et le quatrième doigt et il serra le poing.

– Le Valeureux sort du Peuple. Il fait partie du Peuple. Il tire sa force du Peuple et il donne la force au Peuple. Ça c'est le signe des Messagers Valeureux. C'est un secret.

– Alors pourquoi tu me montres...

Sonny s'arrêta. Il se sentit frémir sous le soleil brûlant de l'après-midi.

– Il va y avoir de gros problèmes ici, un de ces jours, dit Jake, les yeux brillants. L'homme blanc va s'imaginer qu'il peut se servir de ce trou de misère. Pour faire un tripot, ou une décharge à ordures. Les lois sont différentes dans la Réserve, tu sais... Ils vont agiter des gros billets! Ils vont monter les Moscondaga les uns contre les autres. Les chefs ne sont pas assez forts pour garder la Nation unie. Le Peuple va avoir besoin d'un Valeureux.

– Jake, tu vas pas remettre ça…

Mais le vieux était déjà reparti à grandes enjambées et descendait le sentier coupe-feu à coups de machette, en chantonnant toujours aussi faux. Sonny resserra les bretelles de son sac de pierres et se dépêcha de le rejoindre. Ils étaient presque arrivés à la casse quand il le rattrapa.

Il y avait une limousine grise modèle « stretch » devant la maison. Alors qu'ils approchaient, un chauffeur bondit pour ouvrir la portière arrière à la mère de Sonny.

13

Il fut surpris, comme d'habitude, par le charme de sa peau sombre, la douceur de son visage rond encadré de tresses noires épaisses qui tombaient sur ses épaules nues. Son chemisier était brodé de motifs anciens de la tribu onondaga, mais trop décolleté pour qu'une Indienne puisse le porter à une cérémonie. Ses hanches menues étaient moulées dans un pantalon de cuir marron.

Il fut embarrassé quand elle le serra contre elle pour l'embrasser brièvement sur la bouche. Elle palpa ses biceps.

– Waou!

Puis elle recula pour mieux le regarder.

– Tu as l'air… plus dur.

Son front se rida, mais elle sourit aussitôt et le prit dans ses bras.

– Oh, Sonny, j'ai des nouvelles absolument

fantastiques ! J'ai trouvé notre maison, notre endroit rien qu'à nous ! A Phoenix. Tu auras ta chambre… On peut plaquer cette décharge aujourd'hui !

– Une décharge, Answedaywe ?

C'est avec un certain sarcasme que Jake avait prononcé son prénom moscondaga.

– Oh, Oncle Jake !

Elle lui passa les bras autour du cou.

– Tu sais ce que je veux dire…

– Quoi ?

Un homme assez grand, un Blanc qui portait avec une élégance nonchalante un costume gris pâle assorti à la limousine, couvrit son épaule nue de sa main. Elle joua avec ses doigts.

– Voici mon… ami. Roger.

– Ça va ? fit celui-ci, adressant un signe à Jake, qui s'était dérobé à sa poignée de main. Puis il pressa vigoureusement la main de Sonny.

– Sonny, tu auras toujours une place à la Kiva Sweet Bear.

– La quoi, Sweet Bear ? demanda Jake.

– C'est le nom de nos boutiques, s'empressa d'expliquer la mère de Sonny. Roger dirige une chaîne hôtelière de luxe à Chicago, Minneapolis et

Phoenix. Nous allons ouvrir des magasins indiens authentiques dans le hall des hôtels.

– Authentiques... répéta Jake en levant les yeux au ciel. Kiva, ça n'existe pas dans notre langue !

– Pour le touriste étranger, dit Roger, l'Indien c'est de l'Indien ! Tant qu'ils trouvent des produits ethniques... Ils n'ont pas envie de wampoums fabriqués à Hong-Kong, si vous voyez où je veux en venir...

En entendant sa voix tonitruante, Sonny pensa aux vendeurs de voitures des pubs télé.

– Allez, entrez ! lança Jake. Fait trop chaud dehors !

Roger jeta un coup d'œil à une montre bracelet en or massif.

– On décolle dans une heure.

– Le jet privé de Roger, expliqua fièrement la mère de Sonny. Nous avons un congrès de marketing à Chicago ce soir.

– Tu viens chercher des produits ethniques ? demanda Jake.

– C'est Sonny que je suis venue chercher.

– Et pour combien de temps, cette fois ?

Jamais Sonny n'avait entendu le vieux parler d'une voix aussi glaciale.

– Pour de bon.

– J'ai déjà entendu ça !

– Sonny, va faire tes bagages, intervint Roger. Prends ce qu'il te faut pour une semaine. Jake pourra expédier le reste.

Sa mère lui sourit.

– Tu vas adorer Phoenix !

– J'ai envie de rester ici.

– On sera ensemble... Tu pourras travailler dans les boutiques.

– Je veux rester avec Jake.

– Ce n'est pas l'endroit qu'il te faut.

Sonny respira profondément.

– Je m'entraîne pour être boxeur.

– Jake !

Le visage et la voix de sa mère avaient perdu toute douceur. Elle picorait le vieux des yeux.

– Maintenant que Sonny a une chance de devenir quelqu'un, je ne vais pas te laisser gâcher ça.

– Allez, au trot, dit Roger en tapotant sa montre. Faut y aller !

– C'est vous qui y allez ! dit Sonny en serrant les poings.

Roger recula vers la limousine.

– Arrange le coup, Sweet.

Il remonta en voiture et claqua la portière, disparaissant derrière la vitre teintée.

– Laisse-le rester, dit Jake. Il fait vraiment du bon boulot.

– N'essaie pas de me mettre des bâtons dans les roues, Jake. Je ne pars pas sans lui. Et si ça doit m'obliger à appeler le shériff, je le ferai !

Sonny regarda Jake. Celui-ci hocha la tête.

– Elle a le droit de le faire, fiston. Allez, viens, je vais t'aider à faire tes valises.

Il l'empoigna par le coude et l'entraîna avec rudesse à l'intérieur.

– C'est bon. Emmène-le... Sweet.

– Grouille-toi, Jake ! Pas de blagues !

A l'intérieur, Jake souffla :

– C'est le moment d'aller chez Donatelli.

– Et le Stonebird ?

– Le Stonebird, c'est pas la seule montagne au monde.

Sonny sentit sa bouche se dessécher.

– Et je suis prêt ?

– Comme ça, tu verras !

Jake fouilla dans un tiroir.

– Voilà, dit-il en lui mettant de l'argent dans la main. Les clés sont dans la dépanneuse. Reste sur les routes secondaires jusqu'à Syracuse, après, prends l'autostrade. Tu m'appelleras de New York.

– Je ne sais pas comment on va à la salle.

– 125ᵉ Rue et 7ᵉ Avenue. Harlem.

Jake leva la main droite, le pouce enfoncé entre le troisième et le quatrième doigt.

– N'oublie pas, tu appartiens au Peuple.

– Je ne suis pas un Valeureux, Jake...

– Pas encore...

14

Il allait bientôt être minuit quand il trouva la rue de Harlem. L'épicerie coréenne qui faisait le coin, bourrée de fruits et de légumes colorés, grouillait de clients. Au deuxième étage, les bureaux d'avocats étaient plongés dans le noir. Une seule lampe brillait derrière les lettres dessinées sur la vitre poussiéreuse du troisième. GYMNASE DONATELLI. Sonny gara la dépanneuse en double file.

Un Coréen qui écossait des petits pois sur le trottoir lui cria :

– On ne stationne pas là !

Mais Sonny le dépassa à grandes enjambées, franchit la porte en bois et s'engagea dans l'escalier obscur.

Il savait qu'il aurait mieux fait de respirer à fond, d'attendre que ses yeux s'habituent à l'obscurité pour monter prudemment l'escalier étroit et déglingué. Mais depuis qu'il avait quitté la Réserve, pendant tout le trajet, il n'avait pensé qu'à une chose. Arriver en haut de ces marches, entrer dans la salle pour continuer son voyage.

Il grimpa les marches deux à deux. Il les sentit s'affaisser sous son poids. Le bois grinça, ses boots glissèrent sur les marches lissées par l'usure, il tomba sur le genou. Il y avait peut-être un chien de garde là-haut, mais il était incapable de ralentir. Un type avec une batte de base-ball, une arme. Avant qu'il ait pu s'arrêter, il s'écorcha l'épaule contre le mur. La lumière filtrait par une fente sous la porte qui indiquait l'entrée du gymnase. Il respira à fond et ouvrit violemment la porte pour s'engouffrer dans la pièce sombre.

– Qu'est-ce qui t'a pris tant de temps, petit gentleman ?

Brooks était assis sur une chaise pliante en bois sous la seule lumière de la pièce, une ampoule nue qui pendait au plafond au bout d'un câble. Il était habillé pour l'entraînement en chaussures de boxe montantes et en short. La sueur avait foncé son tee-shirt. Des gants d'entraînement au sac étaient posés par terre à côté de lui.

– Jake m'a appelé.

Il but une longue rasade d'eau à la bouteille. Puis, il montra une chaise en face de lui et attendit que Sonny soit assis.

– C'est drôle la vie… J'ai monté cet escalier de la même façon que toi, seul, un soir, quatre à quatre, mort de trouille. Il y a vingt ans… M. Donatelli était assis sur cette chaise, il a tout de suite vu qui j'étais et il a deviné que je ne vaudrais jamais grand-chose comme boxeur, mais que s'il me laissait m'entraîner ici, je serais peut-être capable de me démener, d'être un bon challenger.

La douceur de sa voix poussa Sonny à se pencher, l'oreille tendue pour l'entendre. Il sentit son cœur battre.

– Tu sais ce que c'est, un challenger? continua Brooks sans attendre de réponse. C'est un type qui monte, qui ne demande pas mieux que de se crever le cul et de prendre les coups, rien que pour voir jusqu'où il peut aller. M. Donatelli disait que c'est l'escalade qui fait l'homme, que la récompense d'arriver au sommet vient en plus. Tu crois ça, toi?

Sonny haussa les épaules.

– C'est avec toi que tu dois passer un engagement, avant tout le reste ! Tu dois décider d'avoir de l'orgueil, d'être intelligent dans tes actes, de prendre le contrôle de ta vie. Le contrôle ! Tu sais de quoi je parle ?

Sonny hocha la tête.

– Ce truc que tu as en toi, là... Ce que Jake appelle l'esprit. Le Faucon... M. Donatelli croyait qu'on avait un feu intérieur. Il disait toujours qu'un feu peut soit te chauffer et te nourrir, soit te brûler à mort. Le feu, c'est pas ou bon ou mauvais, c'est seulement un truc qu'il faut contrôler. Le feu, c'est la peur ! En général, les gens se laissent contrôler par la peur, ou alors ils dépensent toute leur énergie à la refouler. Les grands champions, eux, se servent de cette peur – ils la changent en fureur quand ils en ont besoin. Apprends à faire ça et tu seras capable de battre n'importe quoi, qui tu veux, où tu veux !

Brooks se leva et tira sur un câble qui pendait. Sonny cligna des yeux sous la lumière aveuglante et brutale d'une douzaine d'ampoules nues, si ce n'est plus. Brooks s'appuya contre les cordes du ring.

– A partir de maintenant, c'est ça, ta vie. Cours

tous les matins, entraîne-toi tous les après-midi, va aux matches, regarde des films de boxe, lis des bouquins sur les combats. Et n'oublie pas Rocky! Il faut que tu apprennes à passer les rounds avec lui.

Brooks tendit le doigt vers l'autre bout de la pièce pour lui montrer un mannequin rembourré grandeur nature, suspendu au plafond par une grosse chaîne. La toile qui l'enveloppait était divisée en carrés du front à la taille, tous numérotés.

– C'est M. Donatelli qui a inventé ce système, après mon époque, et Henry l'a perfectionné quand il a repris la salle. Ça aiguise tes réflexes, ça te fait réfléchir à des combinaisons.

– J'y arriverai!

– C'est à la portée de n'importe qui! Rocky n'a pas de bras pour rendre les coups... Enfin, l'entraînement, c'est l'aspect le plus facile de l'affaire. Ici, il y a des règles. Henry et moi, on a chacun les siennes. Tu vas dormir ici, et tu t'occuperas de l'entretien de cet endroit. C'est comme ça que tu paieras ton entraînement. Tous les soirs, tu balaies la salle, tu passes la serpillière, tu grattes le sang sur les tapis, après ça tu nettoies les toilettes et les douches, plus tout ce qu'Henry te dira. C'est vu?

Sonny hocha la tête. Il se sentait surexcité. Cette fois, c'était réel!

– La seule fois de la journée où tu sors seul, c'est le matin, pour courir. Je n'ai pas envie que tu te balades dans le coin. Je ne veux pas que tu te fasses repérer par les X. Et je ne le répéterai pas deux fois!

La voix de Brooks tomba.

– Stick et Doll sont sortis de ta vie. Si tu descends sur le Deuce, c'est pas la peine de revenir! Vu?

Il acquiesça.

– Tu as du talent. Peut-être que tu peux aller jusqu'au bout. Mais avant de battre quelqu'un d'autre, c'est toi que tu dois battre. Et dis-toi que sur ce territoire, ou tu nages ou tu coules. Henry te dira tout de suite que c'est pas une thérapie de groupe. Je t'aiderai autant que je peux, mais c'est comme un combat – il faut que tu le fasses par toi-même.

Quelqu'un tambourina à la porte.

Sonny se figea. Sa mère avait dû appeler le shérif de Sparta, et il avait appelé New York. C'était fini avant d'avoir commencé.

Le Coréen passa la tête.

– La camionnette bloque le passage.

– On descend tout de suite, Kim, dit Brooks. Je voudrais te présenter Sonny. C'est lui qui va s'occuper de la maison.

– C'est du boulot ! répondit Kim.

– Un super boulot ! répliqua Brooks. Ça pourrait valoir des millions...

15

– C'est pas une thérapie de groupe ! C'est pas un programme d'entraînement pour les minorités, on n'est pas dans un centre social de désinto-réinsertion ici ! C'est une salle de boxe pro-fes-sionnelle. Tu piges ?

Sonny hocha la tête.

Henry Johnson tira sur sa petite barbe et fronça les sourcils comme s'il n'en était pas sûr.

– J'ai déjà vu ça... Le gosse voit un des films de Rocky et il arrive ici dans l'intention d'être champion. Je déteste ces films ! C'est pour ça que lui je l'appelle Rocky.

Il donna une claque dans le mannequin grandeur nature qui se balançait au plafond.

– Je vais te montrer ça rien qu'une fois.

Il se mit en garde devant Rocky. Il était grand et mince. Il boitait légèrement. Il portait une chemise blanche et une cravate.

– Ton sparring-partner t'annonce les coups. Comme ça : Jab… un.

Il n'avait pas l'air d'un boxeur, mais le coup de poing qu'il envoya à la tête de Rocky fut vif et précis. Il atterrit à la pointe du menton de toile, dans la case numéro 1.

– Au début, tu travailles juste tes coups, la manière de les envoyer, l'endroit où ils tombent… Droite… huit.

Un coup droit atterrit sur la case de l'œil gauche de Rocky.

– Au bout d'un moment tu te mettras aux combinaisons. Jab… cinq. Droite… six. Crochet… sept. Droite… dix-neuf.

Il lâcha un grognement tandis que sa droite uppercut frappait Rocky à l'estomac.

– Tu as compris ?

– Ouais, répondit Sonny.

– C'est Martin Witherspoon qui sera ton sparring-partner. Il passe tous les jours après l'école. Tu peux prendre deux heures pour t'entraîner. Ça, c'est du temps pour toi.

Johnson inspecta la salle vide, poussiéreuse dans le soleil du petit matin.

– Le reste du temps, c'est pour moi. Y a une plaque chauffante dans mon bureau, tu te feras à manger là-bas, n'oublie pas de débrancher la prise quand tu as fini. Fais ta vaisselle. Tout ce que tu laisses dans le frige, tu écris ton nom dessus. Tu te sers de la télé si ça te plaît. Pas de visites la nuit, pas de cigarettes, pas de drogue. Des questions ?

– Non.

– Commence à laver par terre.

– Jab… cinq… cinq.

Martin Witherspoon était un jeune Noir, grand et gras. Avec ses lunettes, il avait l'air d'une chouette. Sa voix était basse et pleine de lassitude. Pendant trois minutes, il débitait les ordres. Quand la cloche sonnait pour signaler la fin du round, il se retournait pour se curer le nez ou tirer sur la couture de son pantalon noir qui lui rentrait dans les fesses. Il donnait l'impression d'avoir envie d'être ailleurs. N'importe où.

– Droite… seize.

Tous les autres sparring-partners de la salle annonçaient les coups comme des numéros de loterie, impatients, rapides. Pourquoi Johnson l'avait-il collé avec Martin ? Il en avait rien à faire ? Il cherchait juste un concierge gratos ? Sonny commença à imaginer le visage de Martin divisé en cases numérotées.

– Droite… deux. Droite… sept.

La voix monocorde de Martin lui pesait sur le bras, ralentissait ses réflexes, lui engourdissait le cerveau. Il poussait Rocky au lieu de le cogner. De toute façon, il était fatigué. A quatre heures de l'après-midi, c'était une pom-pom girl qu'il lui fallait, pas un somnambule ! A cette heure-là, il avait déjà une journée bien remplie derrière lui.

Un vieux réveil le secouait avec un bruit de ferraille à cinq heures. Quand il n'avait pas déjà été réveillé en sursaut par des hurlements, des coups de feu ou des sirènes de police… Depuis son lit de camp, il pouvait regarder défiler sur le plafond une parade grotesque de silhouettes, ombres projetées par les voitures et les camions qui passaient dans la rue.

Ça lui rappelait les croquis qu'il dessinait dans les voitures de la casse. Il pensait au carnet qu'il avait laissé dans son sac en daim. Le Deuce. Doll… Est-ce qu'il la reverrait un jour ? Brooks lui avait dit de ne pas revenir s'il descendait sur le Deuce. « Mais un jour, quand je serai quelqu'un, quand j'aurai un peu d'argent, quand je boxerai en pro, j'irai la chercher, je lui ferai quitter le Deuce. »

Il n'allait jamais trop loin dans ce scénario. Si ça le prenait le soir, en général il s'endormait au milieu. En plein jour, de toute façon, il n'avait jamais assez de temps pour rêver. Debout à l'aube, replier le matelas, le rouler dans le placard à balais où les chiffons et les seaux l'attendaient. Récurer la salle d'eau, passer un coup de serpillière, puis balayer, laver par terre, dans la salle de gym et les vestiaires, les douches, sans oublier le bureau perso de Johnson.

Le temps que les sols soient secs, il faisait des étirements, des torsions, des flexions, puis il lançait un crayon d'un pied sur l'autre et ne s'arrêtait que quand il avait réussi trois minutes sans faute. Après il allait courir. C'était le meilleur moment de la journée.

Les quinze blocs jusqu'à Central Park lui servaient d'échauffement, un bon kilomètre tranquille sur le béton, le verre cassé, les ampoules de crack, les flaques de vinasse et de vomi, les peaux de bananes, les os de poulets, les taches de goudron. Il faisait une course d'obstacles par-dessus les abris de cartons et les tas de loques qui ronflaient en dormant. Quand il atteignait le parc, il faisait passer son corps en vitesse surmultipliée.

Les bruits de la ville étaient assourdis à l'intérieur, les oiseaux gazouillaient, les écureuils et les rats détalaient sur la terre meuble qui amortissait ses pas. Le vert foncé l'apaisait et lui donnait des forces. Il courait violemment pendant une heure en suivant un large cercle qui l'emmenait dans le centre, vers les buildings luxueux dont les terrasses en plein ciel surplombaient le jardin. Il se demandait s'il gagnerait jamais assez d'argent pour habiter là. Il se demandait à quoi ressemblait la maison de Phoenix. Il était content que sa mère ait trouvé son truc, et il aurait voulu pouvoir lui dire que ça marchait aussi pour lui. Mais elle n'aurait jamais compris comment il pouvait vivre dans une salle de boxe de Harlem et penser que ça allait. Elle aurait envoyé le shérif si elle l'avait su. Même Jake ne comprenait pas. Il essayait d'en rajouter. Au téléphone, il n'arrêtait pas de dire que c'était comme le Stonebird, sauf que c'était un autre genre de course en solitaire.

Tu parles. C'était ce que c'était, point. L'occasion de devenir quelqu'un.

La course se terminait toujours trop tôt. Il se retrouvait à la sortie du parc à l'heure de pointe, dans les embouteillages des rues pleines de froissements de tôle surchauffée, de klaxons, de vapeurs foireuses, sur les trottoirs bourrés d'hommes, de femmes, d'enfants qui se ruaient au travail, à l'école. La circulation le forçait à se remettre à marcher. Parfois, il croyait croiser les regards soupçonneux de types qui portaient des bips, mais il continuait à avancer quand même. Il évitait de mater les gens. Il ne remarqua pas un seul X.

A l'épicerie coréenne, il achetait des oranges et des muffins. En haut, il faisait bouillir de l'eau pour le café sur la plaque chauffante. Il regrettait les œufs, les céréales et les tartines grillées que Jake lui préparait avant, mais il commençait à manquer d'argent. Il avait fini de manger au moment où les premiers guignols montaient l'escalier en jacassant, une poignée d'hommes d'affaires et de politiciens qui travaillaient à Harlem et aimaient bien sauter à la corde et frapper les sacs en cancanant sur les tractations immobilières et les projets du maire. En dehors des serviettes pour la douche, ils n'avaient pas besoin qu'on s'occupe tellement d'eux. La vague des vrais boxeurs n'arrivait pas avant la fin de la matinée et, de toute façon, ils venaient toujours avec leurs managers et leurs entraîneurs, leurs sparring-partners et leurs copains. Un poids lourd, Dave Reynolds, un frimeur dont tout le staff portait des blousons de soie noire brodés dans le dos à la gloire du Grand Dave, amenait son disc-jockey personnel, un mec qui ne faisait rien d'autre que programmer le lecteur de compact avec lequel le boxeur s'entraînait. Il était branché rap. Il y avait d'autres boxeurs à qui ça ne plaisait pas trop, mais le Grand était classé huitième des challengers et il allait avoir un combat important à Atlantic City.

Le Grand ne faisait jamais attention à Sonny. Comme tout le monde, sauf pour demander des serviettes en plus, lui faire essuyer une giclée de sang ou l'envoyer chercher à manger. Dans ces cas-là, en général, il déjeunait gratos. Quand un entraîneur pro lui donnait de l'argent pour le Chinois, des sandwiches ou du poulet rôti, il lui disait presque toujours de se payer à manger sur la monnaie.

En écoutant les instructions que les entraîneurs gueulaient à leurs boxeurs, Sonny essayait de piquer des tuyaux au passage. Il regardait comment les pros décochaient les coups de poing, leur façon de bouger sur le ring, de frapper le sac, de boxer dans le vide. Ils savaient ce qu'ils faisaient. Ils faisaient du boulot sérieux. Certains d'entre eux se préparaient pour des combats à Atlantic City ou au Madison Square Garden.

La plupart avaient terminé leur entraînement en fin d'après-midi, quand les gosses des écoles et les yuppies arrivaient, avec les pros débutants qui étaient obligés de garder leur boulot le jour. L'un des fils de Johnson prenait le relais pendant deux heures, le temps que Sonny fasse des abdos et des tractions, qu'il saute à la corde, frappe les sacs, boxe dans le vide et tabasse Rocky au son monotone de la voix de Martin Witherspoon. Il finissait par détester cette grosse chouette toujours essoufflée après les trois étages, sans arrêt en train de remonter ses lunettes sur son nez luisant, et puis, sa voix à dormir debout.

– Jab… un. Crochet… deux.

Les séances sur Rocky s'écourtaient. Il commençait à s'en lasser. Il cessa même de se mettre en colère quand un poids lourd qui venait au gymnase dans son uniforme de facteur lui tapait l'épaule en disant :

– Suffit pour aujourd'hui les papouilles à Rocky, mon vieux... Laisse le Facteur Frappeur lui en mettre des qui font vraiment mal !

Il se mit à avoir envie que Brooks passe. Le soir, en attendant que les machines de la blanchisserie terminent les serviettes, les suspensoirs et les tenues d'entraînement, il pensait à Doll et au Deuce. Brooks avait dit : « Tu descends là-bas, c'est pas la peine de revenir. »

Il aurait aussi bien pu faire ça.

Pour le dîner, toujours de la bouffe de chez les Coréens, facile à cuisiner sur la plaque électrique, ou un truc de la saladerie. Quelquefois il tombait de sommeil devant un vieux film à la télé. Parfois il se contentait de regarder les silhouettes sombres qui roulaient en travers du plafond avant de l'engloutir.

16

– Droite… un.

Il sentit une présence familière derrière lui avant même d'entendre le son de sa voix.

– Tu te vois déjà assis autour du feu au lieu de penser à couper le bois !

– Vous êtes qui ? demanda Martin.

– Faut te concentrer, Sonny… Quand un Messager Valeureux coupe du bois, il pense à l'arbre et à la hache, pas au feu qu'il va faire.

– C'est hypra cool ! s'exclama Martin. C'est quoi, un Messager Valeureux ?

Jake fit comme s'il ne l'avait pas entendu.

– Là, tu t'entraînes à frapper sur un homme, Sonny. Alors tu penses chair. Mais la mâchoire, c'est dur, travaille ton poing en piqué. Dans le ventre, c'est plus mou, ralentis les coups. Frappe le nez direct, enfonce-lui un os dans la cervelle !

Jake se retourna sur Martin et brandit un doigt osseux sous son nez de chouette.

– Quand tu annonces un numéro, tu dois penser : pourquoi ? Numéro neuf, dans l'œil, c'est pour l'empêcher de voir ce qui lui arrive. Numéro vingt-cinq, au bras, ça endort le muscle, comme ça il ne peut pas te frapper très fort.

Sur ce, il partit avec raideur vers le bureau de Johnson.

– Qui c'était ?

Les yeux de Martin paraissaient encore plus ronds que ses lunettes.

– Mon grand-oncle.

– C'est un genre de chaman ou quoi ?

– Quoi ?

– Tu sais, un ancien...

– Ça, on peut dire qu'il est vieux.

Sonny se mit en garde face à Rocky.

– Vas-y !

– Jab... un... un. Droite... trois. Jab... un... Où est-ce qu'il habite ?

– T'arrête pas !

– Crochet... cinq. Jab... un... un. Droite... six.

Ils continuèrent à travailler sur Rocky cinq rounds de suite, cinq rounds que Sonny passa dans un brouillard étouffant, harcelé par la voix de tombola de Martin, perdu dans l'intensité de sa concentration tandis que ses poings martelaient le corps factice.

– Temps ! lança Johnson qui l'observait. Tu étais à plat sur les pieds pendant ton jab. Monte plus sur les orteils. Plus en avant. Tu vois ?

Il fit une démonstration et s'éloigna. C'était la première fois que Johnson lui donnait une quelconque directive depuis qu'il avait commencé.

Martin essuya ses lunettes.

– Putain, c'était impressionnant ! Tu as trouvé la source du grand esprit.

– Et toi, tu t'es réveillé.

Sonny se dirigea vers les miroirs, Martin sur les talons.

– Ton oncle, c'est une espèce de sage ?

– Il s'occupe d'une casse de bagnoles.

– On se croirait dans un film. Tu as vu *American Ninja* ? *Karate Kid* ?

Sonny se mit à boxer dans le vide contre son reflet dans la glace.

– Il habite en ville ?

– A la Réserve. Il est venu chercher sa dépanneuse.

– Une Réserve ? C'est quoi ton ethnie d'origine ?

– Moitié Moscondaga, moitié Blanc.

– C'est hypra cool ! Et Sonny « Bear », ça veut dire quoi ?

– C'est mon nom.

– Ouais, mais... ça n'a pas un sens tribal, je sais pas, moi... Un ours* qui serait entré dans le wigwam...

– Non. Mon père s'appelait B-a-y-e-r. Les gens disaient toujours Bear, alors ma mère s'est mise à épeler son nom comme ça quand on allait aux pow-wows.

– Des pow-wows ! Comment c'était, qu'est-ce que vous...

– Bouge ! Tu me caches le miroir...

Il fut presque désolé de rembarrer Martin. Il ne l'avait encore jamais vu aussi excité, à sautiller d'un pied sur l'autre à chaque mot qui tombait de sa bouche.

* *Bear:* ours en anglais.

– Je te prenais pour un dur à la con avec une queue-de-cheval. Ecoute, on pourrait peut-être… Euh, hmm…

Au changement de ton, Sonny fut obligé de se retourner. Un homme de grande taille en costume rayé discutait avec Johnson près de la porte. Lorsqu'il aperçut Martin, il lui fit signe de le rejoindre d'un geste autoritaire.

– Faut que j'y aille… Mon père… Je te vois demain, vers midi ?

– On commence pas avant…

– Je t'aiderai à faire le ménage pour qu'on puisse faire le plan d'attaque sur Rocky.

A l'entendre, on aurait cru un film de guerre.

– Alors, à plus…

Il s'éloigna en se dandinant.

Jake aida Sonny à empiler les chaises et à tout ranger après que la salle se fut vidée. Ils allèrent manger dans un restaurant chinois de l'autre côté de la rue.

– Tu t'entraînes toujours avec ce garçon ?

– Il a vraiment mis le paquet après les histoires de Valeureux que tu nous as fourguées.

– A mon avis, ils aiment les Indiens, ces yappies new age.

– Yuppies.

– Laisse, ça va. Il peut t'aider si tu le laisses faire.

– Comment ?

– Tous les Messagers Valeureux avaient un jeune apprenti guerrier et ils...

– Allez, Jake, pas ça !

Jake changea de sujet.

– Ta mère a appelé.

– Ah ouais ?

Ça lui faisait plaisir et peur en même temps.

– Elle aime pas ça, que tu sois tout seul ici.

– Qu'est-ce qu'elle va faire ?

– Je sais pas. Le type de la limousine lui fait faire des affaires avec... – il cracha littéralement la fin de ses mots – sa Kiva Sweet Bear. Elle a envie de t'avoir avec elle.

– Pour vendre des bijoux ?

– Pour avoir une vie agréable. Te faire un peu d'argent. Finir tes études. C'est pas mal...

– Apparemment, tu trouves que je devrais y aller.

Jake secoua la tête.

– Je crois que c'est à toi de choisir.

– J'y vais pas.

– Attends de voir ce qui se passe. Elle pourrait bien te forcer.

Jake leur versa du thé avant de continuer.

– Tu connais une fille... Heather?

– Heather?

– Elle a appelé deux fois. Elle a dit qu'elle t'en devait une sacrée.

– Heather...

Son estomac se contracta et il sentit qu'il avait les joues en feu. «Doll a envie de me voir.»

– C'est une fille de Sparta... au lycée...

– On aurait dit un appel longue distance, dit Jake en haussant les sourcils. Peut-être quelqu'un que tu as rencontré ici?

– Comment elle aurait pu savoir où t'appeler?

L'autre soir, chez Stick... Il n'avait pas arrêté de blablater. Avait-il parlé de Jake?

– Il y avait une fille qui s'appelait Heather dans ma classe.

Jake se leva.

– Faut que j'aille nourrir les chiens.

Il tira de l'argent de son jean, en laissa un peu sur la table pour l'addition et fourra le reste dans la poche de Sonny.

– Mange correctement. Poulet, poisson, légumes verts, céréales chaudes.

Ils allèrent jusqu'au coin de la rue. La dépanneuse était garée devant l'épicerie coréenne. Sonny se rendit compte qu'il n'avait pas envie que Jake s'en aille.

– Martin t'a pris pour un sage…

Il pensait que ça le ferait grommeler, mais il sourit.

– Laisse-le t'aider. Tu deviens costaud maintenant. A une époque, je me suis fait du souci… tout seul avec ta maman, avec tes bijoux… tu te cachais dans les voitures pour faire tes petits dessins…

– Tu savais ?

– Je t'ai observé de près, Sonny. Tu avais le sang. Je t'ai mis à la boxe pour faire sortir le Faucon. Maintenant, je sais que ça va aller. Bon… faut que je parte.

Sonny essaya de chercher autre chose, pour le retenir et discuter au coin de la rue, mais il ne trouva rien et, au bout d'un moment, il lui tendit la main. Jake le serra contre lui. Dans ses souvenirs, Jake ne l'avait pas pris dans ses bras depuis qu'il était petit. Il le regarda grimper dans la dépanneuse et s'éloigner. Il avait les yeux humides.

– Ton grampada ?

Il baissa les yeux et vit Kim qui l'observait.

Il avait l'air si intéressé que Sonny hocha la tête.

– Ouais, c'est mon grand-père.

Kim le fit entrer dans le magasin et, sans lâcher sa manche, donna un coup dans le tiroir-caisse pour l'ouvrir. Il en sortit la photo d'un vieillard tout maigre dans son costume noir.

– Le grampada de Kim.

Il ressemblait à Jake.

– Ils pourraient être frères, dit Sonny.

Kim éclata de rire en secouant la tête et serra la main de Sonny.

– Attends...

Il sortit une banane et une orange de leurs paniers.

– Tiens.

Quand Sonny essaya de le payer, il repoussa son argent.

Le téléphone sonnait lorsqu'il rentra. Il espéra que c'était Doll.

– Alors, comment ça se passe, petit gentleman ?

– Pas mal...

– Tu m'as pas l'air très positif.

– Jake vient de partir.

La voix de Brooks s'adoucit.

– Il te manque déjà...

– On peut dire ça comme ça.

– Je vais tâcher de venir faire un tour là-haut bientôt. Je t'emmènerai dans une cantine noire, tu verras, c'est soul! Pour l'instant, je suis complètement débordé... On assure une surveillance non-stop avec les fédéraux, écoutes, la totale. Une affaire de première importance. On peut faire une descente d'une minute à l'autre.

Il avait l'air fatigué.

Sonny pensa à Stick et à Doll.

– Sur le Port?

Brooks changea de régime.

– J'ai entendu dire que t'avais fait la guerre à ce vieux Rocky aujourd'hui?

– Vous avez des micros ici aussi?

Brooks gloussa de rire.

– C'est Spoon qui me l'a dit! Le père de Martin, tu sais? C'était un sacré poids lourd léger avant son accident. M. Donatelli l'a forcé à abandonner pour qu'il aille au collège. Il est directeur d'école maintenant. Avec sa femme, Betty, c'était... Quitte pas... Qu'est-ce que c'est que ça !?

Il était en train de gueuler contre quelqu'un.

– On y va directement ! Bon, faut que j'y aille, petit gentleman, je t'appelle...

Il raccrocha.

Sonny se sentit seul dans le silence un peu étrange du gymnase plongé dans la pénombre. Il fut content de revoir les silhouettes bizarres qui roulaient d'un bout à l'autre du plafond. Comme des vieux amis. Comment Doll avait-elle eu le numéro de Jake ? Il était certain de ne jamais avoir parlé de lui. Le seul endroit où le numéro était inscrit, c'était sur sa carte d'identité, dans le portefeuille qu'il avait perdu pendant la descente des stups sur le Port.

Il mit longtemps avant de s'endormir. Elle avait son portefeuille. Elle venait de le trouver ? Elle avait peut-être appelé pour lui dire qu'elle venait de le racheter dans la rue et qu'elle voulait le lui rendre... Ou peut-être qu'elle l'avait depuis le début... Il fallait qu'il sache. En plus, il y avait le sac à dos et son carnet de croquis. Stick et Doll en train de regarder ses dessins, c'était encore pire que de perdre son portefeuille !

– Jab… sept… sept. Droite… six. Crochet…

Le bloc-notes que Martin tenait à la main était trempé de sueur et ses lunettes lui glissaient sur le nez, mais sa voix était cinglante.

– Jab… trois… trois… deux. Droite… seize.

La cloche retentit et ils avalèrent une grande goulée d'air. Le mannequin était criblé de cratères de la grosseur du gant de Sonny.

– C'est mon père qui… m'a aidé, lâcha Martin, il m'a aidé… à trouver des… combinaisons.

Quelques boxeurs rappliquèrent pour regarder Sonny marteler Rocky. Johnson les rejoignit.

– Pas mal, Sonny…

– Excellent ! ajouta Martin.

Le Facteur Frappeur ricana.

– Rocky peut pas te rendre les coups !

– Tout juste, acquiesça Johnson. Comme disait M. Donatelli : « Le mannequin n'a pas de bras. »

– Vous n'avez qu'à nous en donner un qui en ait, alors, lança Martin. Comme l'autre là, le sac de courrier !

– Espèce de gros lard…

Le facteur essaya de l'attraper, mais Sonny repoussa ses bras d'une claque.

– Si tu veux te battre avec quelqu'un, fais-le avec moi.

– Je ne boxe pas avec les amateurs !

Martin se glissa derrière Sonny.

– Postier, partisan du moindre effort…

– Tu es sérieux, petit con ? J'ai travaillé avec le Grand la semaine dernière.

– Alors t'as pas besoin de t'en faire ! dit Martin en se tournant vers Johnson. Et vous, vous en pensez quoi ?

Le monstre s'éveilla, ça faisait plaisir de le retrouver.

– Je suis prêt ! lança Sonny.

Johnson passa trois doigts dans sa barbe, comme un peigne.

– Ici, on ne boxe pas avec la haine.

– Exactement, renchérit le facteur. C'est une salle pro-fes-sion-nelle.

– … mais ça pourrait aussi être le bon moment pour voir ce que Sonny a dans le ventre…

Les gongs s'étaient tus et les sacs de sable pendaient mollement. Les boxeurs et les entraîneurs s'attroupèrent, curieux de voir ce qui allait se passer.

– J'ai trois combats pro derrière moi, brailla le postier. Ce gosse, c'est rien du tout !

– Alors pourquoi tu as la trouille ? ricana Martin.

Devant l'éclat de rire qui parcourut le gymnase, le facteur se renfrogna.

– Bon.

Il gravit les marches du ring à pas pesants.

– Bud ! Mes mains !

Un vieux édenté aux cheveux blancs fournis enveloppa les mains du facteur dans une couche de gaze sale et une bande blanche neuve avant de les fourrer dans des gants d'entraînement matelassés. Quand il eut terminé, il fit signe à Sonny de monter sur le ring et répéta l'opération. Tandis qu'il laçait ses gants, il en profita pour se pencher vers lui.

– Le facteur aime bien les corps à corps. Sa faiblesse, c'est l'estomac…

Martin était survolté.

– Tu peux y arriver, Sonny. Fais-lui sentir sa douleur.

Johnson passa les cordes.

– C'est fini dès que je le décide. Pigé ?

Sonny hocha la tête et, aussitôt, le facteur lui lança :

– Attention au retour à l'envoyeur, pauvre zozo ! Le facteur sonne qu'une fois !

Un grand sourire aux lèvres, le Frappeur s'avança, confiant, au centre du ring. Il décocha une droite à la tête de Sonny. « Tu parles d'un pro ! » Son coup de poing était lent et facile à esquiver.

Martin hurlait.

– Jab… un… un. Droite… huit… Aaarrrgh… Hoooouuais… !

Le facteur prit le crochet sur le haut de la joue, tournoya sur lui-même et partit en chancelant dans les cordes. Il se retourna vers Sonny, louchant, les genoux flageolants. Johnson s'interposa.

– C'est fini !

« Trop facile ! Un cogneur, c'est tout… pas un pro ! »

Sur le ring, Martin sautait dans tous les sens en agitant le bras de Sonny.

– Livraison spéciale ! Courrier express ! Avec le cachet de Sonny Bear, emballé c'est pesé !

17

– Alfred Brooks s'asseyait exactement à ta place, Sonny.

Le père de Martin présidait la table de la salle à manger.

– C'était un garçon maigrichon.

– On lui faisait manger des steaks avant les combats, intervint sa femme en montrant l'assiette de spaghettis de Sonny. Des steaks ! C'est tout ce qu'on connaissait de la nutrition, Spoon, tu te souviens ?

– Et nous, on mangeait les spaghettis ! (Spoon gloussa de rire et leva son verre en direction de sa femme.) Ça fait vingt ans, Betty…

– C'est fou ce que le temps file quand on s'amuse ! s'exclama Denise, la petite sœur de Martin, en faisant un clin d'œil à Sonny. Tu dois trouver ça super de manger pendant qu'on te regarde…

Ça ne le dérangeait pas du tout. Submergé par

leur bienveillance, il pensait au combat de ce soir-là. Une première partie dans un tournoi amateur. D'après ce que Brooks avait dit, on pouvait affronter un héros aussi bien qu'un zéro. Pas moyen de se préparer. Rester calme et se tenir prêt à tout. Il avala une bouchée de spaghettis.

– C'est pas un problème.

– Pas de problème, répéta Martin. Je suis en train de préparer les figures.

Il griffonnait fiévreusement sur son carnet.

– La boxe, c'est ni plus ni moins qu'une partie d'échecs, le sang en plus.

– Et ces temps-ci, ça gicle pas mal ? lança Denise, sarcastique.

– On pense t'en faire gicler un peu, ma grosse Denise.

– Les enfants ! s'écria Betty. Sonny a besoin de tranquillité.

Elle se tourna vers Sonny avec un sourire.

– Encore un peu de salade ?

– Non, merci, c'était très bon.

– P'pa, j'ai trouvé l'ouverture de Tyson-Berbick, reprit Martin en brandissant son carnet. Jab... un... trois. Droite...

– Le but, c'est pas de surcalculer, répondit Spoon. Ne bétonne jamais si rigidement que tu en perdes l'opportunité de la souplesse. C'est sur la surprise qu'il faut anticiper. C'est M. Donatelli qui disait ça.

– M. Donatelli, c'était comme un sage, tu vois, expliqua Martin. Comme Jake…

– Lui, c'est pas un sage, répondit Sonny.

– C'est qui Jake ? demanda Denise.

– C'est une sorte de chaman, répondit Martin. Un ancien de la tribu.

– Il s'occupe d'une casse de bagnoles à la Réserve, dit Sonny.

– On ne peut pas juger la sagesse d'un homme sur ce qu'il fait pour gagner sa vie, intervint Spoon.

– Assez parlé ! déclara Betty. Il faut laisser Alfred digérer…

Elle éclata de rire.

– Je veux dire… Sonny !

– Maman tombe dans des distorsions temporelles, lança Denise.

– Et toi, tu es juste tordue, répliqua Martin. Bon, j'emmène Sonny faire un tour, après il pourra aller s'allonger.

– Je viens avec vous, dit Denise.

– Oublie ça, lança sèchement Martin. Il faut qu'on...

– J'ai besoin que tu m'aides, Denise, dit Betty.

– Denise en pince pour toi, dit Martin quand ils se retrouvèrent dans la rue. Tu as une copine ?

Sonny pensa à Doll.

– Si on veut...

Il la chassa de son esprit. « Pas maintenant. Reste calme. »

– Tu as toujours habité ici ?

C'était un vieux quartier tranquille, d'immeubles de briques rouges friables bordant des trottoirs crasseux. La plupart des gens qu'ils croisaient étaient des vieillards blancs ou des jeunes, noirs ou latinos.

– Mes vieux sont là depuis toujours. C'est cool. Ça va... Quand les macs de Jersey font une descente pour faire un plan crack chez les Dominicains, ça bouge ! Y a au moins un règlement de comptes par week-end. Et à la Réserve, y a du crack ?

– Pas comme ici, mais les mecs peuvent toujours rapporter des trucs de Sparta. Dans ce cas-là, vaut mieux que les Chefs s'en rendent pas compte...

– Qu'est-ce qu'ils feraient?

– Un coup de pied au cul! Et peut-être qu'ils enverraient des guerriers à Sparta pour que les dealers se tiennent tranquilles.

Martin avait les yeux ronds.

– Ils ont le droit?

– Les Moscondaga sont plutôt durs, pas comme avant, évidemment... Il y avait une organisation de guerriers, les Messagers Valeureux, on les appelait...

Il s'arrêta. « Encore en train de jouer à l'Indien. Guetter les pas sur le sentier de la guerre. »

– On en parlera plus tard...

– Je comprends, tu sais... On a la tête à l'envers avant un combat. Tu dois avoir l'impression d'être sur une autre planète.

– De quoi tu parles?

– Tu sais... les Blancs, les Noirs, tout ça mélangé, la ville!

– Non. Ma mère a beaucoup voyagé. Je ne me rappelle pas l'époque où on vivait à New York, mais je me souviens de L.A., de Santa Fé et de

Minneapolis. J'aimais beaucoup Santa Cruz, Miami…

C'était facile de parler à Martin. Il avait l'impression d'être à l'extérieur de lui-même, en train d'écouter.

– Ta mère n'aimait pas la Réserve ?

– Non. Elle disait toujours : « Le jour où je voudrais être à la Réserve, c'est celui de la fin du monde, parce que là-bas, tout arrive avec dix ans de retard. »

– Je croyais que tu vivais avec Jake.

– De temps en temps.

– Il vient, ce soir ?

– Avec Jake, on sait jamais.

– Et Brooks ?

– Quoi, Brooks ?

– Il s'intéresse vachement à toi.

– Comment tu le sais ?

Sonny sentit son cœur accélérer.

– Je l'ai entendu parler avec mon père.

– Genre ?

– Genre, tout le talent que tu as pour faire un grand boxeur si tu trouves le contrôle sur toi-même.

Il essaya d'avoir l'air décontracté.

– Il en pense quoi ?

– Il dit que ça dépend de toi.

Ils firent deux fois le tour du pâté de maisons avant que Martin le fasse remonter dans sa chambre. Les murs étaient couverts d'affiches de concerts pour *Sauver la Planète*. Il y en avait même une des Grateful Dead. Les étagères étaient bourrées de piles de magazines, de livres et de disquettes. Dans un coin, sur le bureau, il y avait deux ordinateurs.

– Un pour les devoirs, un pour écrire, expliqua Martin.

– Tu écris quoi ?

– Des histoires. Peut-être que j'écrirai un livre sur toi si tu deviens un champion.

Sonny retira ses boots et s'étira sur le lit de Martin.

– Tu notes ça ? La chaussette droite du champion est trouée !

– Pour l'instant, j'écris nos plans de matches. Opération Rocky !

– Fais pas trop de plans.

Sonny sentit son corps se détendre. Il se sentait

en sécurité dans cette maison, et il était à l'aise avec cette grosse chouette. Il ferma les yeux et se laissa partir.

– Rappelle-toi ce que ton père a dit.

– Lui, il me colle toujours la honte !

Quelque chose dans la voix de Martin le tira de son sommeil.

– Comment ça se fait ?

– C'était un grand sportif, il aurait pu être champion poids lourd léger s'il ne s'était pas blessé, alors il me prend toujours pour une pauvre tâche qui bouquine trop. C'est pour ça qu'il m'a forcé à aller chez Donatelli. Je détestais ça avant que tu te pointes.

Sonny éclata de rire.

– Avant que Jake débarque, tu veux dire !

Martin se mit à rire avec lui.

– Et ton père à toi ?

Sonny tendit le doigt vers le mur.

– Grateful Dead, c'était son groupe préféré. Il est mort au Vietnam. C'est tout ce que je sais. Personne ne parle de lui.

– Désolé…

Sonny referma les yeux.

Au crépuscule, Betty le réveilla et lui fit boire du thé au miel. Elle le prit dans ses bras sur le pas de la porte, et Denise l'embrassa sur la joue. Elles ajoutèrent qu'elles ne seraient pas au match mais qu'elles penseraient à lui. Martin avait l'air tendu. D'ailleurs, Spoon leur fit traverser l'East River par le pont de Manhattan sans que, pour une fois, il trouve grand-chose à raconter. Ils arrivèrent enfin devant un grand bâtiment délabré. Le fronton annonçait un show canin en matinée et des combats amateurs en soirée, la première manche du tournoi des Gotham Gloves.

Johnson les attendait.

– Sonny passe tôt. On ferait peut-être aussi bien d'entrer.

– Alfred est là ? demanda Spoon.

– Pas encore.

L'odeur des chiens flottait toujours dans l'arène. Au centre de la halle principale, on avait installé un ring entouré de chaises pliantes. Sonny pensa que ça ressemblait aux combats de saloon chez les culs-terreux, en plus grand. Il se demanda si, ici aussi, ils essaieraient de donner le combat à leur favori.

« Qu'ils essayent, pour voir... » Il sentit les premiers fourmillements de rage dans ses orteils.

Le vestiaire était bondé. Une douzaine de jeunes boxeurs en caleçons attendaient la pesée et la visite médicale pendant que leurs entraîneurs, leurs pères et leurs copains les frictionnaient en faisant la conversation. La pièce sentait le liniment et la sueur froide de l'anxiété.

– Sonny « Bear » ? appela un homme en blazer rouge.

– Par ici ! répondit Johnson.

– Troisième combat. Short noir, lança l'homme en biffant sa liste. Allons-y !

Sonny pesait quatre-vingt-trois kilos huit cents. Le médecin examina sa bouche et ses yeux, chercha d'éventuelles traces d'aiguille à l'intérieur de ses bras et ausculta son cœur.

– Vaudrait mieux calmer le petit, Henry, dit-il à Johnson. Son moteur est en surrégime.

– C'est son premier combat, expliqua Johnson. N'oubliez pas, Doc ! Ça va être historique !

Il tapa dans les mains de Sonny.

L'homme à la liste gueula :

– Bear-Cooper sur le pont !

– Mains ! lança vivement Johnson. Il enfonça les gants et les laça. Puis, il lui frictionna le torse et les bras.

– Prends ton temps, tâte le terrain pendant le premier round, marque et bouge, va pas chercher de coup dur trop tôt.

Sonny pensa à Jake. Pourquoi ils racontaient tous la même chose ? Il parcourut le vestiaire du regard. Où était Brooks ?

– Bear-Cooper, à vous !

La fournaise de l'arène le gifla au visage. Il sentit l'odeur de la moutarde, de la bière et de la fumée piégée par les douches de lumière. Les gens battaient des pieds, des mains et chantaient en chœur : « Coo-per, Coo-per ». « Leur poulain, je parie.... Rien que pour que le jury se prononce, faudra au moins que je le mette K.O. ! »

Les acclamations qui envahissaient l'arène, couvrant les cris de Johnson et les ordres hystériques de Martin, étaient telles qu'il entendit à peine les directives des arbitres. Le monstre gronda et s'enfla dans sa poitrine, gagnant sa nuque et son cerveau. Sonny pensa à des chevaux sauvages dont il aurait maîtrisé les rênes d'une simple inflexion du poignet.

Cooper était rapide et malin et, surtout, il savait rester à l'écart de son crochet du gauche. Pas un zéro, plutôt un héros, celui-là. A la moitié du premier round, Sonny se sentait frustré, comme un arbre planté au milieu du ring. Cooper, lui, pour s'éloigner de son gauche, décrivait des cercles qui l'empêchaient de se mettre en position pour lui balancer son crochet, ou même construire la moindre défense de jabs du gauche. La foule, venue voir de l'action, se mit à les huer.

A la cloche, Sonny regagna son coin, furieux.

– Il veut pas se battre, dit-il en se laissant tomber sur le tabouret.

– Il est pas idiot, dit Johnson, en inclinant la bouteille d'eau au-dessus de sa bouche. Attends ton heure... Et surtout n'écoute pas le public ! Eux, ils ne sont pas en train de se faire frapper dessus.

Il poussa Sonny pour le deuxième round.

Le monstre n'avait pas sa patience. Il railla : « Ce garçon te fait passer pour un Indien de bois... T'es donc pas capable de le coincer, de lui secouer la carcasse ? »

Sonny avait l'impression d'avoir un pied sur

l'accélérateur, l'autre sur le frein. Il donnait de la vitesse, mais se retenait en même temps. Son esprit fonçait mais le corps calait. Bouge pas ! Vas-y ! Attends ! Bute-le !

La cloche retentit. Johnson lui fit signe de revenir dans le coin et lui parla à l'oreille.

– Il va craquer ! Attends... Il met la pression pour ne pas montrer qu'il a peur de toi.

Le monstre n'était pas de cet avis. « Saute-lui dessus et envoie-lui ton crochet avant qu'ils trafiquent le match ! »

« Contrôle la situation... Vas-y molo tranquilo et fais-le craquer... »

A la cloche, il se leva sans se presser et se dirigea lentement au centre du ring, la garde basse. Cooper fronça les sourcils, soupçonneux. Sa peau marron foncé était très lisse. « On l'a pas cogné souvent. Il a pas envie de se faire égratigner le visage. C'est bon à savoir... » Quand Cooper commença à esquiver, il leva le bras droit et lui fit signe d'approcher, souriant. « Viens, on va s'amuser ! » La foule applaudit.

Cooper partit comme une flèche et lui décocha deux jabs dans la mâchoire, mais les coups, trop légers, restèrent hors comptage. Ça l'intéressait plus de se tirer sans prendre de coups que d'enchaîner ses directs par des punchs effectifs.

Sonny se mit à secouer la tête jusqu'à ce que sa queue-de-cheval lui batte les épaules en cadence. «T'as pas envie de te battre?»

– Cooper, t'es un bon à rien! cria quelqu'un.

– T'es mignon, va!

La foule éclata de rire. Un gobelet en carton froissé vola sur le ring et rebondit plus loin dans le public. Cooper avait l'air en colère.

– Bats-toi, Cooper! Il te fiche la trouille, ou quoi?

Cooper craquait. Il repartit comme une flèche, mais cette fois il prit le temps de s'avancer pour décocher ses jabs et sa droite était déjà armée. Il était prêt à prendre un risque pour faire mal.

Pas de pot, Coop!

Sonny laissa le premier direct lui égratigner le menton, esquiva le second et, quand Cooper fut assez près, lui balança une droite uppercut dans l'estomac. Sous le coup, Cooper se redressa.

Sonny aperçut une bouche ouverte qui suffoquait. Un crochet… en cinq et elle se referma. Une droite, en six, l'envoya chanceler de l'autre côté du ring comme une toupie.

La voix de Johnson se détacha sur le grondement de la foule: «Maintenant, Sonny! Vas-y!»

«Tu as le champ libre, le monstre.»

Cooper se retourna au moment où Sonny lui dégringolait dessus. Il jeta les mains devant son visage. Le premier crochet lui enfonça son propre gant dans la figure et le coup droit fit valser sa tête. Le second crochet lui claqua le front. Alors qu'il allait au tapis, l'arbitre fit reculer Sonny.

Martin mugit littéralement et escalada les cordes pour le prendre dans ses bras. Johnson, quant à lui, lui fit lever le bras pendant que l'arbitre comptait Cooper.

Brooks grimpa sur le ring. Un sourire gigantesque avait chassé la fatigue de son visage.

– Pas mal pour un début... Sonny.

C'était la première fois que Brooks l'avait appelé par son prénom.

18

De la taille aux épaules, Delgado avait l'apparence d'un body-builder, des vaguelettes de muscles polis roulaient sous sa peau bronzée. Son ventre était couvert de petits galets. La foule se mit à siffler quand il enleva son peignoir de soie bleue. Sonny l'observa. Ses jambes n'étaient pas en harmonie avec le reste de son corps. Trop minces. Pas assez de muscle. « Pas assez de travail de piste. Je peux l'épuiser. »

A la cloche, Delgado fit jouer ses muscles pour la foule et se mit à danser sur place avec un petit sourire. Comme Sonny reculait, il lui fit signe d'approcher en criant :

– Magne-toi, Sonny Boy, viens ! Je suis garé en double file !

Le monstre vint mettre son grain de sel : « Tu es pas obligé de l'entendre, laisse-le placer un coup ou deux, tu peux les encaisser. »

« Je laisse Mister Amérique délirer tout seul, répondit Sonny, moi, je suis là pour gagner ce combat. »

Delgado envoya un jab paresseux. Sonny le repoussa d'une claque.

– Arrête pas de bouger ! hurla Brooks. Marque et bouge !

Sonny décocha un jab qui alla rougir le nez de Delgado, mais il s'esquiva avant que ce dernier ait pu lui répondre. Aucun intérêt à s'entortiller avec lui tant qu'il ne serait pas fatigué.

« Un homme, un vrai, ça y va et ça cogne ! » lança le monstre.

« Et il se fait botter les fesses pour rien ! » répliqua Sonny.

« Les gens croient que tu es terrorisé par un pot de stéroïdes sur deux jambes ! »

Quelqu'un hurla dans la foule.

– Sonny la Danseuse !

Eclat de rire général.

« Ils ne sont pas en train de se faire cogner. » La cloche retentit, noyée sous les huées.

Dans le coin, Brooks lui lança :

– Accélère le rythme, force-le à te courir après.

Les yeux sombres de Delgado le transpercèrent, le défiant de venir se castagner, mais le sourire avait disparu, ses lèvres étaient trop occupées à chercher de l'air.

Jab, en sept, et saut en arrière. Jab, en trois, un pas de côté ; bouger sans arrêt, changer de direction, le faire courir. Tous ces kilomètres qu'il s'était fadés à la Réserve et dans le parc, ça payait maintenant. « Je peux danser éternellement, mais les jambes de Delgado n'ont plus de ressort, son torse de gladiateur est haletant, tous ces muscles de pacotille hurlent pour une bouffée d'air. Jab... cinq, cinq. Il est en perte de vitesse, comme un jouet quand la pile s'épuise. » La foule commençait à piger maintenant – ils voyaient bien le plan, ils devinaient comment ça allait se terminer. Delgado le savait aussi, et pourtant il ne pouvait rien y faire.

Au quatrième round, il le cherchait, les jambes raides, titubant, le corps convulsé, asphyxié, l'implorant de ses yeux noirs de se tenir tranquille, de lui donner une cible.

– Chope-le ! hurla Brooks.

La tête et le cou de Delgado étaient de pierre. De la taille aux épaules, il bougea à peine sous le pilonnage des crochets, droites en contre, directs du gauche ; mais on aurait dit que ses jambes se repliaient sur elles-mêmes, comme des télescopes, et il alla au tapis comme un homme qui coule dans les sables mouvants. Ses bras étaient prêts à continuer le combat mais il était incapable de se relever.

– Beau combat, intelligent, lui dit Brooks alors que Martin hissait son bras en signe de victoire. Tu as contrôlé la situation de bout en bout.

Ils rentrèrent tous en voiture chez les Witherspoon. Betty et Denise attendaient près d'une table chargée de gâteaux et de sodas et d'un sandwich pour héros de deux mètres de long. Elles étaient persuadées qu'il allait gagner. Brooks resta juste le temps de porter un toast.

– Au futur champion du monde des poids lourds.

Personne n'éclata de rire. Dans le silence qui était tombé tout à coup, tout le monde se tourna vers Sonny.

– A condition qu'il en ait suffisamment envie, ajouta Spoon.

– Ainsi soit-il, répondit Johnson.

Sonny frissonna. Il sentit quelque chose remuer dans sa poitrine. Comme un bruissement d'ailes.

En partant, Brooks l'entraîna à part.

– Ce qu'on a bien fait, il faut s'en rappeler. Ça marche aussi quand on n'est pas sur le ring. Reste calme, c'est tout. Quoi qu'il arrive.

– Ça veut dire quoi ?

– Tu comprendras en temps utile.

Brooks sortit son revolver de la poche de sa veste et le glissa dans l'étui attaché au creux de ses reins.

– Faut que j'aille travailler. Tu appelles Jake ?

– Maintenant ?

– Tout de suite ! Il attend !

La porte se referma sur lui.

Martin arriva en traînant les pieds, les joues déformées par son sandwich.

– Ch'était chuper imprechionnant !

Sonny eut une envie folle de le prendre dans ses bras.

– Je peux passer un coup de fil ?

Martin avala son sandwich.

– A condition qu'elle ait une copine pour moi...

– Je voudrais appeler Jake. Tes parents diront rien ?

– Bien sûr que non. Jake a le téléphone ?

Il avait l'air étonné.

– Pourquoi il l'aurait pas ?

– Ben, euh... Je me disais... C'est un... tu sais...

– Il a un magnétoscope et un micro-ondes. Et aussi une CB dans la dépanneuse. Tu croyais qu'on se faisait des signaux de fumée ?

Martin enfourna le reste du sandwich dans sa bouche.

Jake décrocha à la première sonnerie.

– Alors, comment ça s'est passé ?

– Quatrième round par K.O.

– Comment ça se fait qu'il t'a fallu tant de temps ?

Jake gloussait de rire.

– Le mec avait pas envie de se faire cogner.

– Je peux pas lui en vouloir. Et Al, qu'est-ce qu'il a dit ?

– Il a dit que j'avais fait un combat intelligent. Que j'avais contrôlé la situation.

– C'est vraiment bien, Sonny.

La voix du vieux était détendue et chaleureuse.

– C'est quand, ton prochain combat ?

– Vendredi soir.

– Réserve-moi un bonne place !

Lorsqu'il rejoignit la petite fête, tout le monde écoutait Johnson autour de la table de la salle à manger. Assis en bout de table, il tiraillait sa barbe et parlait d'une voix profonde, posée, comme s'il s'adressait à une classe.

– Ce qu'il faut à Sonny, c'est le circuit amateur… Ça lui donnera des résultats progressifs, l'expérience du ring et la couverture médiatique nécessaire, tout en lui laissant le temps de mûrir physiquement et mentalement. Déjà, les Gotham Gloves, puis les Golden Gloves, au niveau de la ville d'abord, au niveau national après, à vingt ans il revient médaille d'or des Jeux olympiques, prêt à rentrer en catégorie pro.

– Et s'il a envie de passer pro maintenant ? demanda Martin.

– Oublie ça ! répondit sèchement Johnson.

– C'est sa vie… intervint Denise.

Elle parut embarrassée lorsque tous les regards se tournèrent vers elle.

– C'est une question d'économie, jeune fille, expliqua Johnson. Le chemin serait trop long et trop dur s'il était tout de suite professionnel. Il serait obligé de boxer dans des petits clubs, des villes paumées, tout ça pour un mauvais salaire et dans les pires conditions. Il devrait combattre le premier venu, des gamins qui ont tellement la haine qu'ils sont capables de blesser, des vieux ratés qui te font passer pour un mec hargneux sans rien t'apprendre. Ça vaut pas le coup. Et puis, qui va payer les frais ? Un gangster ?

– Et s'il était financé par des gens qui croyaient vraiment en lui ? demanda Spoon.

– Qui parierait sur un gosse ? demanda Johnson en levant les yeux au plafond. Une fortune, sur quelqu'un que la boxe peut cesser d'intéresser, qui peut tomber amoureux, ou devenir junkie sur ton compte ? Le circuit amateur est la seule voie possible… Ça se construit lentement mais sûrement. Alfred ne racontait pas des craques, Sonny pourrait devenir champion poids lourd si rien ne se met en travers. Il aurait fallu que M. Donatelli voie ce garçon… Ah là là…

Il s'essuya les yeux.

Spoon aussi avait les yeux humides.

– Sonny « Bear »-Kwame Hicks.

– Ouais !

Un gamin immense avec des boulets de canon à la place des épaules sourit de toutes ses dents en or.

– C'est qui ce Yogi Bear ? Il habite rue du Nirvana ?

Les hommes qui l'entouraient rigolèrent en se tapant sur les cuisses.

– J'ai déjà vu ça, dit Johnson. Fais comme s'il était pas là.

– Comment tu fais pour pas voir Kwame Hicks, le futur champion des Gotham Gloves ?

– Champion des attardés, lança Martin. C'est du yaourt que t'as dans la tête !

– Ferme ta geule, gros tas ! lança l'un des soigneurs de Kwame.

– C'est à Kwame qu'il faut la fermer, répondit Martin. Tous ces plombs qu'il a dans la bouche, ça va lui tomber dans les pieds…

Kwame jura et fit un mouvement vers lui. Sonny sentit la chaleur lui remonter des jambes aux entrailles. « Vieux frère ! Salut, le monstre, l'esprit du Mal ! Fais comme chez toi ! » Il se planta devant Martin et lança un sourire à Kwame.

– Tu veux qu'on fasse ça là, tout de suite ?

En moins d'une seconde, les hommes les poussaient dans deux coins opposés de la pièce, et Spoon mettait Martin dehors. Johnson se mit à masser les épaules de Sonny en riant.

– J'ai déjà vu ça... Tu t'es trouvé un fameux sparring-partner avec lui, ça me rappelle Alfred et moi !

– Hé ! Tonto ! Je suis sur le sentier de la guerre...

Hicks fit une mauvaise imitation d'Indien comme on en voyait dans les vieux westerns. Ses hommes s'esclaffèrent en se donnant de grandes claques dans les mains.

– Ne regarde que moi, Sonny ! dit Johnson. Donne tes mains !

Il les lui banda.

– Si Kwame en est à essayer de t'énerver ici, c'est qu'il ne doit pas avoir trop confiance pour la suite. Comment tu te sens ?

– Pas mal.

– Hé! Le Peau Rouge, tu connais pas des squaws qui cherchent un homme, un vrai?

Johnson se tourna vers l'un des plus vieux de l'entourage de Kwame.

– Tu peux pas obliger ce grand zozo à se tenir tranquille? Vous n'avez donc pas de fierté?

– De la fierté? Et pourquoi que t'entraînes pas un frère, plutôt qu'un sale Blanc métissé de Peau Rouge?

Alors, une autre voix lança:

– Parce que ce petit gentleman va devenir champion du monde des poids lourds.

Brooks avait l'air fatigué, il avait les yeux cerclés de noir, ses vêtements étaient froissés, mais sa voix était cassante.

– Et en parlant de frères – il s'attarda sur le mot avec une pointe de sarcasme – si vous étiez un peu plus concentrés à faire de Kwame un boxeur entraîné plutôt qu'un moulin à paroles ridicule, il n'aurait peut-être pas besoin d'essayer de gagner son combat dans les vestiaires...

Brooks laissa tomber sa main sur l'épaule de Sonny.

– Comment tu te sens?

– Bien.

C'était vrai. Brooks lui donnait la sensation d'être plus fort, plus sûr de lui. Et le bouillonnement du monstre y était aussi pour quelque chose. Contrôler le monstre, s'en servir. C'était le feu, son partenaire.

La porte s'ouvrit brutalement et un boxeur entra, le nez ensanglanté, triomphal, entouré d'hommes qui souriaient jusqu'aux oreilles.

– U-na-ni-mi-té! lança l'un d'eux.

L'homme à la liste gueula:

– Bear-Hicks, sur le pont.

– Tu décides ce que tu veux et tu t'y tiens, c'est tout. Contrôle! Contrôle-toi. Contrôle le combat.

«Contrôle. Toi. Le combat.» Il sentit le monstre, les ailes qui battaient dans sa poitrine. «Allez, on y va. Ensemble.»

A la cloche, avant que Kwame ait pu lever les mains, il se jeta sur le ring pour lui coller un crochet au menton. Il pivota aussitôt pour lui balancer une droite mais n'en eut pas l'opportunité. Kwame tomba comme un arbre.

– Le coin! Le coin!

Les cris de Johnson lui rappelèrent d'aller se placer dans un coin neutre le temps que l'arbitre compte jusqu'à dix. Il aurait aussi bien pu compter jusqu'à vingt... Kwame réussit à se mettre à genoux, mais il resta coincé.

Déjà Martin était sur le ring et le serrait contre lui.

– Crochet... un!!

Et Johnson disait:

– C'est un record, ça doit être un record dans son genre...

Il chercha Brooks.

– Il a dû retourner en surveillance, lui dit Johnson.

Des flashes surgirent ici et là durant le combat avec Traynor, un grand gaillard avec des bras qui vous enserraient comme des pinces à sucre. Chaque fois que Sonny approchait de l'intérieur pour lui marteler le corps, Traynor le ligotait. Ses bras, pareils à des cordes, aussi durs que des câbles, vidaient les siens de toute énergie.

– En selle! lui dit Johnson. Frappe et tire-toi, le laisse pas te coincer!

Il essaya. Mais Traynor était comme une pieuvre : il n'y avait pas moyen de l'approcher d'assez près pour le frapper sans se faire prendre au piège de ses tentacules. Sonny sentait sa force s'échapper. Il poussait mollement les poings, il ne les projetait plus. La rapidité avait disparu.

– N'abandonne pas, lui disait Brooks entre les rounds. Tu peux gagner celui-là à condition de ne pas t'arrêter.

C'était un combat lent, accablant, les huées du public ne cessaient pas. Il emporta la décision du jury parce qu'il avait placé plus de coups effectifs, mais il ne trouva aucun plaisir dans cette victoire.

– C'est nase, lâcha-t-il en retournant au vestiaire.

– Ça te fait monter en demi-finales, répondit Martin.

– C'est une expérience, ajouta Johnson. Des styles, il y en a cent, il faut que tu les voies tous. La prochaine fois que tu boxeras contre une pieuvre, tu sauras quoi faire.

– C'était aussi une question de contrôle, conclut Brooks. Tu t'es accroché, voilà ! T'as pas jeté l'éponge, t'es pas devenu cinglé.

Dans le vestiaire, Jake l'attendait avec une grosse enveloppe.

– Elle a envoyé un billet d'avion… Elle a envie que tu ailles à Phoenix ce week-end.

– J'ai un combat.

Jake haussa les épaules, fourra l'enveloppe dans son short et recula pour mieux le regarder.

– Tu as l'air en forme, Sonny. Tu commences à ressembler à un Valeureux.

19

Brooks et Johnson firent une percée à travers les fans et les journalistes entassés dans le couloir qui menait au vestiaire.

– Son-ny, mets Liz !

Une main lui fourra un carnet d'autographes sous le nez. Brooks le repoussa. Derrière, Martin et Jake se démenaient pour rester près de lui.

– Sonny Bear !

Un jeune homme, un badge de presse autour du cou, le tirait par la manche.

– Qu'est-ce que vous pensez des droits des Indiens ?

Brooks s'interposa.

– Demandez-lui ce qu'il pense de leur gauche ! Il est ici pour boxer, pas pour parler de politique.

– Vous êtes qui ? demanda le journaliste, mais Brooks avait déjà entraîné Sonny plus loin.

Le gardien posté devant le vestiaire barra le chemin à Martin et à Jake.

– Deux soigneurs par boxeur pour les demi-finales. Règlement de la Commission.

Martin serra la main de son champion.

– Jab... sept... cinq!

Sans un mot, Jake fit le signe du Valeureux.

A l'intérieur, les caméras de télévision pointèrent leur truffe de verre pendant que Sonny se déshabillait et les manchons gris des micros fichés sur des perches de deux mètres s'immiscèrent entre Brooks et lui.

– Il faut t'y habituer, Sonny... Ça va aller de pire en pire.

– On espère bien! lança Johnson avec un éclat de rire en donnant une grande claque dans les paumes de Brooks.

Johnson prit son temps pour lui bander les mains et lui malaxer les muscles du dos et des bras. Pendant ce temps, Brooks resta en face de lui pour l'empêcher de voir la porte. Toutes les cinq minutes, elle s'ouvrait sur la clameur de la foule pour laisser le passage à un boxeur. Ils bondissaient tous dans l'arène gonflés à bloc pour la bataille, mais seule la moitié d'entre eux revenaient avec la même énergie, défoncés par l'adrénaline de la victoire. D'autres avaient besoin d'aide pour rentrer au vestiaire, ils pleuraient, ensanglantés. L'un d'eux revint sur un brancard.

– Ne regarde pas, lui dit Brooks. Parle-lui, Henry.

– Concentre-toi sur Velez, c'est un cogneur, mais tu peux l'avoir.

Johnson parlait bas, d'une voix ferme.

– Il est grand, pas aussi fort qu'il en a l'air, mais il est capable d'endurer la souffrance.

– Il encaisse, renchérit Brooks.

– Il est prêt à en prendre trois, rien que pour te frapper une fois ! continua Johnson. Il avance sans arrêt, il finit toujours par trouver une ouverture pour te coincer, te forcer à la baston, pied à pied. Le genre macho, quoi… J'ai déjà vu ça…

– Joue pas son jeu, reprit Brooks. C'est ton combat que tu dois mener.

– Je veux de la boxe intelligente, reprit Johnson. Marque et bouge ! Lessive-le ! S'il te rentre dedans, piège-le !

– Comme la pieuvre, la dernière fois, rappela Brooks.

Il savait qu'ils ne lui parlaient que pour qu'il concentre toute son attention sur le match, sans s'énerver pour autant, et ça marchait : il se sentait fort, il avait confiance. Si Brooks et Johnson pensaient qu'il était capable de se faire Velez, lui aussi avait le droit de le croire.

– Il y a quelquefois plus de leçons à tirer d'un mauvais comme Traynor que d'un boxeur valable, dit Johnson.

– J'ai dû faire un foutu prof, alors ! répondit Brooks.

– Toi, Alfred, c'est ton entraîneur qui était nase, c'est ça ton problème !

Ils se tapèrent dans les mains.

– Bear-Velez, sur le pont !

– Comment tu te sens ? demanda Brooks.

Il avait la bouche sèche et se sentait nauséeux.

– Prêt !

Il sautilla sur place en relâchant les bras.

Johnson leur lança :

– Allez, on fonce !

La porte s'ouvrit toute grande sur les clameurs incessantes de la foule, huées mêlées de sifflets railleurs.

– Ils vont vouloir du sang, dit Brooks. Ne les écoute pas.

– Bear! C'est parti!

Ils descendirent l'allée à trois de front. Quasiment soulevé de terre par Brooks et Johnson, il traversa un tunnel de sons divers, avant de déboucher dans l'éclat aveuglant des lumières du ring. Velez l'attendait, grand et massif. Il le toisa en ricanant.

– Hé, l'Indien, où t'as mis ton tomahawk?

Sonny leva le gant gauche.

– Là.

Ils se défièrent du regard pendant les recommandations de l'arbitre. Velez avait de petits yeux enfoncés dans un visage aplati. Son nez, à force d'être écrasé, s'était réduit à une espèce de bouton informe et il avait des tresses de papier cicatrisant à la place des sourcils. «Il a dû faire beaucoup de matches pour un amateur.» «Il a reçu des tas de coups, chuchota le monstre. Imagine-le avec des cases numérotées! Un bon sac d'entraînement... Tu vas voir ce qu'on va lui faire endurer!»

A la cloche, Velez s'avança et son visage aplati se présenta comme une cible trop tentante.

Jab... cinq... sept. Il valsa sur les talons. «La soirée va être courte, tête d'enclume ! » Une droite, en huit, lui fit pivoter la tête sur la trajectoire du coup suivant, un crochet en un, sur le menton, rapide coup de tomahawk tout en finesse qui lui aurait claqué les dents et traversé les yeux avant de le rétamer, s'il avait atterri... Mais le coup était encore en suspens quand Sonny sentit un bloc de ciment lui écraser le visage tandis qu'un coup de bélier lui broyait les intestins.

Sonny s'effondra dans les cordes. Il resta debout grâce à elles. Il serait tombé sans les trois câbles gainés de velours qui fléchirent sous son poids avant de lui brûler les mollets, le dos et les épaules, tandis que Velez lui assénait des coups de massue dans la poitrine et les bras, menaçant, cerné par les lumières aveuglantes du ring, ombre grotesque découpée au plafond, croquée sur la page d'un carnet, étrange créature de cauchemar qui le pilonnait contre les cordes où il restait accroché à la merci des sévices de cette ombre obscure.

Ses pieds commencèrent à glisser en avant, tandis que son corps, malgré lui, se retrouvait plaqué à l'horizontale sur les cordes. La sueur brûlante de Velez lui aspergea le torse.

– Sonny ! Sonny !

Il se demanda s'il était déjà inconscient, perdu dans les vapeurs de l'hôpital et des rêves de blonde souriante. Il se sentait triste, désemparé. « J'ai déçu tout le monde… » Brooks, Johnson, les Witherspoon pensaient qu'il serait champion poids lourd ; Jake, lui, croyait qu'il serait un Valeureux.

Il n'était rien. Il se sentait petit et seul, un petit garçon en tunique de daim qui vendait des bijoux devant une Kiva Sweet Bear.

– Sonnyyyy !

On aurait dit Doll. Il devait être inconscient.

Au-dessus de lui, l'arbitre le scrutait, prêt à arrêter le combat au moindre signe d'impuissance. Il secouait la tête. « T'as raison. J'en peux plus. »

– Sonnyyyy !

Un sifflement strident, une petite pique dans la rumeur assourdissante. Deux ongles roses dans une bouche.

Le coup de sifflet de Doll !

– Bats-toi, Sonny ! Tu vas y arriver !

C'était elle !

Quelque part, au-delà des lumières… Fallait qu'il se lève. Qu'il la voie !

« Aide-moi, le monstre ! »

« T'aider ? »

« Tu me dois bien ça, après tout ce que tu m'as fait voir ! »

« Abruti de Peau Rouge, qui tu crois que je suis ? Un faucon, un esprit du Mal, un passif-agressif ? Je suis toi ! »

« Je suis le monstre… C'est moi ! Il faut contrôler ça. La peur, la rage. Faut que ça travaille pour moi. »

Tout commença par les orteils, qui se cramponnèrent au tapis, saisis d'un fourmillement puissant et fulgurant qui gagna les jambes, l'estomac et le torse avant de se libérer dans les épaules.

Passant les bras autour de Velez, il neutralisa ses coups de massue en lui plaquant les coudes contre les côtes. Comme la pieuvre.

Velez se démena contre lui, puis commença à reculer. Sonny continua à le serrer très fort. Velez fit encore deux pas en arrière et le souleva du sol, l'arrachant aux cordes.

– Sonnyyy, par là, Sonnyy !

Il était plus près de Velez qu'il ne l'avait jamais été d'elle, torse contre torse, mâchoire contre mâchoire, dans un corps à corps farouche. Sans lâcher prise, il attendit de retrouver la vue et un soupçon de lucidité malgré la tourmente qui lui avait mis la cervelle sens dessus dessous.

– On se bat ou tu m'embrasses? lança Velez avec hargne.

L'arbitre passa un bras entre eux et sépara leurs corps de force. Des milliers de voix hurlaient, réclamant de l'action. Il essaya d'isoler sa voix à elle. Etait-il possible qu'il ait tout imaginé? La cloche retentit. Il rejoignit son coin en titubant.

– Bien vu, dit Johnson en lui massant le torse. Tu t'es sorti d'un fichu guêpier!

– Maintenant, c'est toi qui dois faire ton combat, ajouta Brooks, en lui faisant couler l'eau au goutte à goutte dans la bouche.

– Marque et bouge!

– Du contrôle, contrôle la situation!

– A partir de maintenant, il va être trop sûr de lui, dit Johnson. Ça peut te servir.

Tout sourire, Velez quitta son coin pour le deuxième round. Il esquissa un petit pas de salsa arrogant au centre du ring et salua les encouragements de ses amis d'un geste de la main. A la cloche, Sonny partit en détente, décocha un jab sans bavure sur le bouton informe qui lui servait de nez et recula d'un bond. Son adversaire secoua la tête, attendant le coup suivant, mais il passait déjà derrière lui. Alors il pivota et Sonny l'assaillit de nouveau. Velez s'immobilisa en défense, mais il avait déjà changé de direction.

– Vas-y, Son-nyy, vas-y !

Il dut se faire violence pour ne pas la chercher. « Coupe du bois ! Concentre-toi... Contrôle la situation ! C'est toi qui dois mener le combat... Marque et bouge !

« Concentre-toi ! T'occupe pas du reste... Lance le bâton, n'avale pas, respire par le nez. »

Une fois de plus, un jab cuisant qui fit gémir Velez, premier aveu de la souffrance. « Je le tiens ! Mais n'attends pas d'être repris au piège. Bouge ! Laisse-le s'embourber. Force-le à se retourner pour venir te chercher. Jab en trois, esquive... Il a l'air bête ! Jab en sept, un pas de côté... Il supporte pas ! Jab... cinq... cinq ! » La foule se mit à rire de Velez.

– Réveille-toi, Chicano !

Il avait envie d'expédier Velez, finir le combat

tout de suite. Frappe, frappe, droite, frappe, frappe-le ! bang ! Des séries en rafale qui l'enverraient dans les cordes. Un sifflement strident... Doll, où es-tu ?

Non ! Contrôle-toi ! Marque, bouge, jab, esquive ! Velez avait un nœud ensanglanté à la place du nez, la frustration tordait ses lèvres, et ses yeux avaient disparu dans des cavités de chair. Il n'était pas blessé, mais furieux d'avoir l'air amoché.

– Bon boulot, Sonny !

Brooks et Johnson s'agglutinèrent sur lui dans son coin.

– C'est bon... Tu vas le rendre chèvre !

– Garde ton calme... Attends ton heure !

– Et après, tu lui balances un coup de tomahawk !

Velez déboula pour le troisième round, hargneux, porté par les grondements de tonnerre du public. Il décocha une série. Sonny s'esquivait, en arrière, en demi-cercles, déviant les coups, laissant le soin à ses bras et à ses épaules d'amortir ceux qu'il n'arrivait pas à éviter. Velez désespérait de regagner les faveurs du public, il aurait tout fait pour l'écraser. Sonny n'était pas loin d'avoir pitié d'un tel manque de contrôle.

Au bout d'une minute de jeu, Velez baissa les mains une seconde pour se reposer et happer un peu d'air. Sonny en profita pour lui infliger une droite qui envoya sa tête valser en arrière. Un jab, en cinq, le fit pivoter dans l'axe d'une deuxième droite qui le laissait à la merci du fameux crochet gauche.

« Hé, l'Indien, où tu as mis ton tomahawk ? »

« Là. »

Tout le monde dans l'arène le vit arriver, y compris Velez. Personne ne bougea. Velez inclus.

Il se retrouva K.O. avant de toucher le tapis.

Sonny chercha Doll du regard tandis que l'arbitre lui soulevait les bras en signe de victoire.

– Tu as réussi, Sonny ! lui disait Brooks.

Après quoi, deux nouveaux boxeurs montèrent sur le ring et Johnson lui fit traverser un buisson de mains tendues qui voulaient le toucher.

– Vas-y mon gars ! Sonny... Tu es sur la bonne voie, champion !

Puis, à la porte, le gardien lui fit un clin d'œil et laissa Jake et Martin entrer dans le vestiaire bourré de journalistes et de caméras. Sous les projecteurs de la télé, les lumières de la pièce étaient aussi aveuglantes que le ring.

20

– Tu viens d'où, Sonny ? C'est vrai que tu es indien ?

Des visages surgissaient de nulle part et lançaient leurs questions avant de disparaître.

– Quelle tribu ?

– C'est ton chef, là ?

Une caméra fit un pano sur Jake.

– Sonny Bear, c'est ton vrai nom ?

Il n'arrivait pas à comprendre ce qui pouvait bien intéresser les gens dans le fait de connaître son lieu de naissance, la taille de la Réserve ou dans celui de savoir qu'il s'appelait George Harrison parce que c'était celui que sa mère préférait chez les Beatles. Ils notaient toutes ses réponses. Martin donnait une interview sur l'importance de Rocky dans son entraînement, Jake quant à lui racontait devant une caméra que les Moscondaga avaient combattu dans toutes les guerres américaines depuis les Français et les Indiens.

– Brooksy Baby!!

Une espèce de taureau aux dents de diamant déboula dans la pièce.

Brooks hurla: «Elston!» et ils tombèrent dans les bras l'un de l'autre.

Les journalistes s'interrogèrent.

– C'est pas Elston Hubbard?

– Quand est-ce qu'il a été champion déjà?

– Il bosse pas sur une série télé maintenant?

– Si, si. C'est qui, Brooksy Baby?

Les caméras se braquèrent sur Hubbard et Brooks, et les manchons gris des micros se postèrent au-dessus d'eux. Les journalistes leur posèrent des questions. Sonny ne saisit que des fragments de l'histoire. Hubbard avait battu Brooks dans le dernier combat de celui-ci, vingt ans auparavant, une baston dont les gens parlaient encore parce que Brooks avait refusé de s'avouer vaincu alors qu'il avait été battu à plate couture. Ce soir, le fils de

Hubbard venait de gagner sa demi-finale poids lourd. C'était lui qui allait combattre Sonny pour le titre des Gotham Gloves.

Les journalistes avaient l'air d'adorer cette histoire. Et Hubbard adorait toute cette attention.

– Mon fils contre celui d'Alfred ! lança Hubbard d'une voix tonitruante, la suite d'une victoire concédée à regret il y a vingt-cinq ans de ça ! Vous pouvez tous l'écrire ! Impressionnez la pellicule ! Deux gosses grandioses pour le titre ! Ce Sonny Bear, il est malin, c'est un dur. Mais est-ce qu'il l'est assez devant Elston Hubbard Junior ? Achetez vos tickets et vous verrez !

Les photographes firent prendre la pose à Brooks et Hubbard, en garde, grimaçants, comme s'ils allaient reprendre leur combat. Puis on fit poser Elston Junior et Sonny. Ils étaient à peu près du même gabarit.

Ensuite Junior posa avec Brooks et Sonny avec Hubbard qui lui souffla :

– Ne laisse jamais passer la publicité. N'oublie pas.

Brooks fit un clin d'œil à Sonny. Il avait l'air fier et content.

Quand les photographes furent enfin partis, Johnson lui débanda les mains.

– C'est quelque chose, Sonny, je t'assure, c'est quelque chose! Si seulement M. Donatelli pouvait voir ça…

Leur petite bande quitta le vestiaire dans les rires et les bavardages. Jake, Martin, Brooks et Johnson l'entouraient. Le couloir était toujours rempli de fans.

– Tu as été merveilleux, Sonny.

Elle lui parut plus mince, plus blonde. Le rouge cramoisi et le fard à paupières bleu layette illuminait son visage. Il sentit son estomac chavirer, sa bouche se dessécha. Sa robe rouge lui collait mollement sur le corps.

– Je t'ai entendue, dit-il.

Il avait la langue engourdie.

– Je sais…

Il eut l'impression que tous les autres s'étaient dissous dans la nature. Ils étaient enfin seuls.

Il avait les mots sur le bout de la langue. «Doll, viens, partons. Tous les deux. Maintenant.»

– Super combat, Sonny! lui lança Stick.

– Qu'est-ce que tu fais ici?

Brooks fit un geste vers le creux de ses reins.

Stick leva la tête de serpent.

– Je suis venu voir les matches ! Y a une loi contre ça ?

– Ne t'approche pas de Sonny, répondit Brooks.

– C'est le sergent Brooks qui te dit ce que tu dois faire ? demanda Doll. Ou tu as le droit de sortir fêter ça avec nous ?

– Il a d'autres projets, lança Brooks.

– C'est vrai, Sonny ? demanda Doll. Des projets qui te font envie ?

Il perdit sa respiration. Tout le monde le dévisageait. Il était réfrigéré. Il sentait que Doll voulait qu'il lâche tout, qu'il parte avec elle. Il retrouva sa voix.

– Une autre fois, Doll...

Brooks et Johnson l'empoignèrent par le bras et le firent sortir de l'arène. Il savait qu'elle serait dans ses rêves cette nuit-là ; il savait aussi que s'il ne se retournait pas, c'était qu'il n'osait pas le faire.

21

Il se réveilla fatigué et bizarre toute cette semaine-là, assommé par des rêves fugitifs, elliptiques. Le matin, pour chasser ces ombres ténébreuses, il courait comme une brute ; jusqu'à ce qu'il ait les idées claires, il foulait les allées du parc, chassant à grands cris les oiseaux et les écureuils de son chemin, s'arrêtant tout à coup pour faire volte-face et décocher des moulinets aux buissons tremblants, effarouchant les habitants du parc qu'il délogeait de leurs maisons de carton.

L'après-midi, il martyrisait Rocky. Il harcelait Martin pour le forcer à le suivre, à lancer les numéros toujours plus fort, plus vite, avec des combinaisons toujours plus complexes, jusqu'au moment où il n'avait plus rien dans la tête que l'action, pure.

Quand il s'attaquait au mannequin, l'animation

qui régnait dans la salle ralentissait, puis cessait tout à fait. Les autres boxeurs s'éloignaient des miroirs et de leur image, et laissaient les sacs d'entraînement pendouiller pour s'attrouper autour de lui en échangeant grands sourires et signes de tête. A les entendre murmurer « Sonny est à cran », « ce gosse est prêt pour la baston », il n'en frappait que plus fort. Johnson se grattait la barbe, visiblement ravi. Le Facteur Frappeur déclara :

– Ce gamin a le truc, il tient ça de moi !

Même le Grand semblait impressionné.

– Sonny Bear, c'est l'avenir !

Il essayait de s'épuiser pendant la journée pour faire en sorte de s'endormir assez tôt, pour ne pas penser à elle. Quelquefois, quand le téléphone sonnait, le soir, il frissonnait à l'idée que ça pouvait être elle. Mais ce n'était jamais le cas.

Jake passa quelques nuits au gymnase puis se dépêcha de rentrer à la Réserve pour nourrir les chiens. Sonny s'ennuyait de Brooks. Johnson disait qu'il était à deux doigts de faire sauter sa grosse affaire.

Martin l'invita à s'installer chez lui les deux dernières nuits précédant le combat du titre. Il lui dit qu'ils pourraient regarder des vidéos de vieux matches.

Toute la famille les regarda avec eux. Denise levait le nez de ses devoirs, Betty des copies qu'elle corrigeait. Le père de Martin avait baissé le son pour faire lui-même le commentaire.

– Ali était le plus grand, mais là, avec Joe Frazier, tu peux en apprendre encore plus ! Ali faisait tout un tas de trucs qu'il était le seul à pouvoir se faire pardonner, ça donne de mauvaises habitudes… Regarde Joe, il a une garde très basse… Tu vois comment il recule devant le coup au lieu de le laisser glisser… si tu fais ça, Sonny, c'est la mort !

Il n'avait pas l'impression que ça lui donnait beaucoup de tuyaux pour le moment, mais assis dans cette maison chaleureuse, au milieu de ces gens qui tenaient à lui, il commençait à croire au circuit amateur dont Johnson parlait. Ça paraissait possible. La victoire aux Gotham Gloves, les Golden Gloves, la médaille olympique… La voie que les champions étaient en train de tracer sur l'écran. Tout ça prenait des airs de réalité.

La veille du combat, le temps que Martin aille chez un copain lui emprunter un bouquin de classe,

Sonny s'assit à son bureau et se mit à griffonner distraitement. Au bout d'un moment, le croquis prit la forme d'un boxeur qui courait derrière un faucon sur une route de montagne. Il se perdit dans l'image.

– Hé! Tu es vachement fort!

Denise était à côté de lui avec du thé et des cookies.

– Non, je... euh, je faisais juste...

– Le chiffonne pas! S'il te plaît...

Elle posa le plateau pour le ramasser.

– Où tu as appris à dessiner comme ça?

– Ma mère est artiste.

– A la Réserve? demanda Denise.

– Non, elle vit dans l'Arizona maintenant.

Il fut surpris de voir comme il était facile de discuter avec elle. Elle était mignonne, gentille, et intelligente en plus. Il aurait dû tomber amoureux d'elle. Mais elle n'était pas Doll.

– Elle te manque?

– Hein?

Elle savait pour Doll?

– Tu t'ennuies de ta mère?

– Oh... Quelquefois. Ça m'arrive. Peut-être

que j'irai la voir après le combat. Elle m'a envoyé un billet.

– Peut-être qu'elle viendra au match…

– Pas de danger ! Elle déteste que je boxe.

– Alors comment ça se fait que…

– Hé ! cria Martin en entrant dans la chambre. Laisse-le tranquille ! Il a besoin de son… C'est toi qui fais ça, Sonny ? Je ne savais pas…

– Tu sais pas tout, voilà, répliqua Denise. Sa mère est artiste dans le Sud-Ouest.

– Le faucon, s'exclama Martin en arrachant le croquis des mains de Denise. Jake en a parlé. Il faut suivre le faucon.

– Qu'est-ce que ça veut dire ? demanda Denise.

– Tu sais pas tout, voilà, rétorqua Martin.

– C'est un conte de fées moscondaga, expliqua Sonny. Le faucon, c'est l'esprit qu'on a en nous.

– C'est plus que ça, dit Martin. Il faut que tu le laisses sortir, sinon il te bouffe de l'intérieur, il te détruit. Si tu le suis, le faucon te conduit à ton destin profond. Pour Sonny, c'est devenir un Messager Valeureux, une espèce de…

– Jake t'a fait un lavage de cerveau ! dit Sonny.

– Tu parles ! Il m'a invité à monter à la Réserve avec toi un de ces jours. Je vais enregistrer ses mémoires. Pour un livre.

– Sonny peut faire les illustrations, intervint Denise.

– Tu le ferais ?

– D'abord, il faut que je gagne le match.

Le jour du combat, Martin resta à la maison au lieu d'aller en cours et lui prépara un gigantesque petit déjeuner avec œufs au bacon et muffins. Assis à la table de la cuisine, repus et ravis, ils somnolaient dans le soleil du matin qui tombait en oblique par la fenêtre, quand Martin demanda :

– Qui c'était cette fille ?

– Quelle fille ?

– Arrête...

– Une fille que je connaissais avant...

– Et ce type, c'était son maquereau ?

Sonny essaya de garder un visage impassible. C'était un truc auquel il n'avait pas envie de penser.

– Qui t'a raconté ça ?

– Alfred a dit à mon père qu'avec elle, on ne pouvait avoir que des ennuis.

Sonny haussa les épaules.

– Je sais pas…

– Tu veux dire que tu as pas envie d'en parler.

– C'est ça.

– Elle est vraiment bien roulée !

– Tu me lâcheras pas, hein ?

– Je suis écrivain, pas boxeur !

Martin fit un grand sourire.

– Tu ferais mieux de ne pas oublier, dit Sonny en montrant le poing.

– Toi, si tu me frappes, c'est criminel, tes mains, c'est des armes.

– Pas avant que je passe en pro…

Sonny se leva.

– Et peut-être bien que je pourrais te choper tant que j'en ai le droit.

– Tu cognerais quand même pas un mec avec des lunettes, si ?

– Jamais !

Sonny lui arracha ses lunettes et les posa sur la table.

– Voilà.

Il était à califourchon sur les genoux de Martin, en train de le chatouiller sous les bras, lorsque le téléphone sonna. Martin alla répondre, toujours plié de rire, le souffle coupé. Il déglutit.

Lorsqu'il raccrocha, il avait le visage décomposé.

– On a tiré sur Alfred.

– C'est grave ? Qu'est-ce qui s'est passé ? Qui...

– Je ne sais pas. Mon père a dit qu'il fallait qu'on se dépêche de venir, c'est tout.

Spoon les attendait dans le hall de l'hôpital.

– Il est salement blessé. Il a pris une décharge de chevrotine dans le dos. S'il n'avait pas porté son revolver, il serait mort sur le coup. Là, il est paralysé et ils ont peur que ça s'infecte.

L'ascenseur et les couloirs étaient remplis d'officiers de police. Mme Brooks sortit d'une chambre et alla directement vers Sonny.

– Il veut te voir.

Brooks avait les yeux fermés. Des tubes sortaient de son nez, de la gorge, des bras, partout. On entendait le ronronnement et les bips des machines autour de lui. Une infirmière le veillait.

– Une minute, pas plus, dit-elle.

Les paupières de Brooks palpitèrent. Des mots

se formèrent sur ses lèvres, mais Sonny n'arrivait pas à les entendre. Il avança l'oreille près de sa bouche. Il crut entendre le mot «gagne», mais il l'avait peut-être imaginé, peut-être qu'il avait pensé que c'était ce que Brooks lui dirait.

L'infirmière le tira par la manche. Les yeux de Brooks s'étaient refermés.

– Il va s'en sortir?

Elle regarda ailleurs.

Il sortit de la chambre, les jambes en caoutchouc. Il se rappela ce qu'il avait senti quand le bouseux l'avait cogné dans l'aine. Le souffle coupé, sans force, aveuglé. Il fut content que Spoon le prenne par les épaules.

– Il a dit quelque chose?

– Il m'a dit de gagner.

– C'est bien Alfred! dit Mme Brooks.

Elle se mit à pleurer. Le cercle des officiers de police se referma autour d'elle.

22

Cette fois, le gardien posté devant le vestiaire barra le passage à tout le monde.

– Pas sur la feuille.

Il montra du doigt une liste de noms figurant sur un papier scotché sur la porte.

– Règlement de la Commission.

– C'est Sonny Bear ! s'exclama Martin. Il combat pour le titre.

– Je le connais bien, répondit le gardien. Mais on n'entre pas si on n'est pas sur la feuille. C'est pas moi qui fais les règles.

– Ça doit être une erreur, dit Johnson avec impatience. Amenez-moi le commissaire !

– Je n'ai pas le droit de quitter mon…

– Vous en prenez vraiment la responsabilité ?

Johnson avait l'air féroce.

– … Si mon poulain perd à cause de vous…

– Okay, Monsieur Johnson, répondit le gardien. Je reviens de suite.

Il fila.

– J'ai déjà vu ça, Sonny, dit Johnson. Ils essaient d'embrouiller les idées des gens avant le combat.

– Ils ont peur du tomahawk, dit Martin.

Il releva les paumes.

– Reste calme, champion. Jab… sept… cinq… deux. On n'a jamais fait d'ouverture avec cette combinaison-là !

Le monstre remua et lâcha un petit ricanement. « Te trompe pas, Peau Rouge ! Ils ont pas la trouille du tomahawk. C'est la fin du voyage. Pas de Stonebird, pas de championnat… » Sonny se sentit triste tout à coup. Il n'aurait pas l'occasion de gagner un combat pour Brooks.

Le gardien revint accompagné d'un homme en blazer rouge.

– Vous n'êtes plus dans la course, Henry. Vous n'avez pas reçu mon télégramme ?

– Quel télégramme ?

– Bear est disqualifié.

– Qui dit ça ?

Les poings de Johnson se levèrent. Son corps se gonfla.

– Nous avons des papiers. Le gosse a fait six matches pro. Dans le Nord.

Johnson fit volte-face.

– Vrai ou faux ? demanda-t-il à Sonny.

– Des combats de saloon, répondit Sonny.

– Tu as touché de l'argent ?

– Ouais.

Les mains de Johnson retombèrent. Son corps se dégonfla.

– Désolé…

– C'est un peu tard, coupa le commissaire en donnant un coup sec sur son dossier. Tu peux dire que tu me laisses un sacré combat sur les bras pour le titre ! J'ai été obligé de mettre Velez contre Hubbard…

Il lança un regard noir à Sonny et s'éloigna à grands pas.

– C'est quoi les combats de saloon ? demanda Martin.

– Des petits combats de merde pour les ringards et les petits arrivistes, répondit Johnson. Tu aurais dû me le dire…

– J'y ai pas pensé, répondit Sonny.

– Et c'est quoi, le drame ? demanda Martin.

– Le règlement, dit Johnson. Si tu touches de l'argent, tu n'es plus amateur.

Il s'appuya contre le mur de briques du couloir.

– Quelqu'un veut notre peau. Ça n'arrive jamais, sauf si on dépose une plainte sérieuse devant la Commission.

– Hubbard ! dit Martin. Il a peur de Sonny.

– Non, même s'ils étaient au courant, c'est sur le ring qu'ils auraient envie de gagner. Quelqu'un veut foutre la carrière de Sonny en l'air. Et là, ils ont réussi, je te le dis, ils ont réussi !

– Non, dit Martin. C'est pas encore fini.

– Pour moi si, dit Johnson.

– On fera des combats en pro, dit Martin. On va y arriver par la manière dure, on sera les meilleurs, on repassera par tous les bleds perdus, on laissera des carcasses foutues derrière nous, pas vrai Sonny ?

Il n'avait plus rien à dire. Il n'y avait plus qu'une chose à faire.

– Où tu vas ? hurla Martin. Attends-moi !

23

La dépanneuse réagit au premier coup d'accélérateur.

– Où on va ? demanda Martin en se hissant sur le siège du passager.

– Sors de là !

– Je suis ton entraîneur, je...

– C'est fini la boxe.

– Mais je suis ton biographe...

– Fais ça tout seul !

– Je suis ton ami, Sonny.

Il avait l'air sérieux avec sa tête de chouette.

– Je viens avec toi. Où on va ?

Sonny s'engouffra dans la circulation en cahotant.

– Sur le Deuce.

– Ces deux-là… dit Martin. La fille et le maquereau. Tu vas pas…

– Dis-moi le chemin. Amène-nous là-bas.

Il conduisait prudemment. Ce n'était pas le moment de se faire arrêter par la police. Martin n'était pas sûr de la route, mais il savait qu'ils devaient remonter vers l'Ouest pour revenir sur Manhattan. Sonny gardait un œil sur la ligne d'horizon tout en se faufilant entre les blocs déserts d'usines abandonnées coupées de rues bordées de maisons collées les unes aux autres.

– Tu crois qu'il a tiré sur Alfred ? Tu crois que c'est lui qui t'a dénoncé à la Commission ?

Le ciel était sombre. Les lumières des grands immeubles faisaient comme des étoiles qu'on pouvait suivre.

– Sonny ! Qu'est-ce que tu vas lui faire ?

– Regarde plutôt s'il y a des flics.

Il n'en fallut pas plus pour lui clouer le bec. Ils virent le fleuve étinceler en contrebas lorsque la camionnette bringuebalante s'engagea sur le pont de Manhattan. Martin tendit le doigt. Les néons éclaboussèrent le pare-brise. Sonny tourna sur la 42e Rue. Times Square. La musique explosa. Ils se retrouvèrent dans une vallée bombardée d'éclairs. Toujours la même puanteur de la chair malsaine.

– Regarde sous le tableau de bord.

– Tous ces fils...

– Ça te fera rien. C'est tout au fond.

– Et je suis censé... Hé!

Martin sortit le Colt 45.

– Il est chargé?

– Y a intérêt!

Il gara la camionnette en double file devant la pizzeria de Chub.

– Reste là.

– Tu rigoles?

Sonny éteignit le contact et donna la clé à Martin.

– Je compte sur toi pour que Jake récupère la camionnette.

Il lui prit l'arme des mains.

– Quoi qu'il arrive.

– Qu'est-ce que ça veut dire?

Sonny coinça le revolver sous sa ceinture, dans le bas de son dos et mit sa chemise par-dessus. Il sauta de la camionnette et entra chez Chub.

– Sonny Bear!

Chub lâcha la pizza qu'il avait dans les mains.

– On m'a dit que tu avais... Hep! Tu peux pas aller...

Martin suivait juste derrière, il contourna le comptoir, passa la petite porte à côté des toilettes et se retrouva dans le vacarme du champ de bataille électronique de la salle de jeux, au milieu des conversations entrecoupées de crépitements et de hurlements variés. Il longea les rangées de corps voûtés et arriva devant la porte. ENTRÉE FORMELLEMENT INTERDITE.

– Tu sais pas lire? lança Mo, surgi de nulle part.

– Stick a dit que c'était une urgence! dit Sonny.

– Il m'en a pas parlé...

– C'est Doll qui devait te le dire.

Mo eut l'air troublé.

– Elle l'a pas fait.

– Stick va lui faire payer cher!

– Dis rien... S'il te plaît!

Sonny fit semblant d'y réfléchir.

– C'est bon pour cette fois.

Mo déverrouilla la porte.

Dans l'obscurité, Sonny repéra le chemin au jugé. Il ignora les gémissements et les murmures, le bruit de la chair qui claquait contre la chair, derrière les rideaux, le mélange de sueur et d'ammoniaque, et il se concentra sur sa destination. Le Messager Valeureux était capable de sentir le parfum sucré de Doll, il entendait la canne de marche de Stick.

La piste qu'il suivait était inscrite dans sa tête. Il fit des demi-tours apparemment obligatoires, descendit des marches, remonta, tourna une fois encore, avant de parvenir à une lourde porte d'acier. Elle était ouverte. Stick l'attendait, le canon de son arme à feu pointé sur sa poitrine.

– N'avance pas plus.

Il y avait un tas de valises derrière lui. Ils faisaient leurs bagages pour partir en voyage. Assise à l'extrémité de l'énorme canapé de velours brun, Doll portait la robe de chambre de soie rouge que Stick avait la dernière fois que Sonny était venu. Elle berçait un bébé dans ses bras.

– Salut Sonny ! Dis bonjour à Jessie…

Il sentit la même chaleur dans le cou et l'aine. « Arrête. Balance ces conneries ! »

– Qu'est-ce que tu veux, Sonny ? demanda Stick.

La tête de serpent était immobile.

– Je suis venu te tuer, répondit Sonny.

Martin suffoqua.

– C'était lui ou moi, dit Stick.

– Ça, c'est tes affaires ! répondit Sonny. Tu m'as vendu !

Stick fronça les sourcils.

– Quoi ?

– Essaie pas de me la faire !

Stick lança un regard à Doll par-dessus son épaule.

– De quoi il parle ?

– Tu l'as vendu, Stick ? demanda Doll, sidérée. Pour quoi faire ?

Il se retourna vers Sonny.

– Qu'est-ce que tu essaies de prouver ?

– C'est toi qui as appelé la Commission.

Ça marchait. Jake avait raison. Les gens s'embrouillent. Ils n'arrivent pas à penser à plus d'une chose à la fois.

– Tu les as mis au courant des combats de saloon.

– Les combats de saloon ?

– Les matchs que j'ai faits avant de venir ici.

Stick secoua la tête. La tête de serpent vacilla.

– Tu n'avais pas un match ce soir?

– Il a été disqualifié, intervint Martin. Parce qu'il était pro.

– C'est qui le gros?

– Mon entraîneur. Il a raté sa chance aussi. A cause de toi.

– Oh, mon pauvre Sonny! s'écria Doll en continuant à bercer le bébé. Pourquoi tu as fait ça, Stick?

– Attendez une minute! répondit Stick en regardant alternativement Doll et Sonny. Tu sais que c'est pas mon style... Stick est diabolique, mais c'est pas une balance!

La tête de serpent de son arme était toujours pointée sur la poitrine de Sonny, mais les muscles de ses épaules et de ses bras n'étaient plus aussi tendus, ils n'étaient plus en alerte. « Guette les convulsions, disait Jake, les battements de paupière, le souffle court. »

– Je peux rien croire de ce que tu dis, répondit Sonny. Tu m'as tenu en laisse depuis le début.

– C'est vrai, répondit Stick. Ça, c'est dans mon

genre. Je t'ai repéré quand tu es descendu du bus. Un ethno dans ton genre, jamais il ferait confiance aux flics, il me donnerait jamais!

Sonny fit un effort suprême pour relâcher tous les muscles de son corps et concentrer la tension de ses pensées sur son visage.

– Tu n'as pas appelé les Gotham Gloves?

– Nous, on t'encourageait... on aurait eu un ami champion! répondit Stick. Hé, vieux, si on quittait pas la ville, on serait venus au match!

Sonny relâcha la tête. Il haussa les épaules.

– Tu peux peut-être m'aider à trouver un peu d'argent. Que je quitte la ville, moi aussi...

Stick se détendit. Il lança un sourire à Doll.

– Sans rancune, Sonny. Je vais te donner la deuxième moitié du billet de cent dollars. Même si tu n'as pas assuré la livraison...

Sonny regarda la tête de serpent piquer du nez vers le sol, mais il attendit que Stick pousse un soupir de soulagement et relâche les épaules avant de faire un geste. Puis il fit un pas en avant, fendu sur la jambe gauche, suivi d'un rapide coup du pied droit. Stick poussa un glapissement.

De la main gauche, Sonny lui arracha la canne

au vol et, de la droite, le gifla en plein visage. Stick tomba à la renverse sur les valises qui s'éparpillèrent. Sonny lança la canne revolver à Martin qui, après un instant de confusion, réussit à se rétablir parfaitement.

Sonny sortit le Colt et posa l'extrémité du canon au bout du nez de Stick.

– Voilà, je vais te tuer.

– Non, hurla Doll en serrant son bébé contre elle. Non!

Sonny sentit le bruissement des ailes à l'intérieur de sa poitrine. «Si.»

Stick agita ses mains tentaculaires.

– J'ai de la tune, c'est dément ce que je peux en avoir, mec! Je peux t'installer sur le Deuce...

– Je vais t'éclater la tête.

Le monstre le submergea. «Vas-y!»

– Je t'en supplie, non!

Doll pleurait.

– Fais pas ça, Sonny.

La voix de Martin était suraiguë, comme vrillée.

– Tu vas foutre ta vie en l'air!

«Qui te commande maintenant? demanda le monstre. Fous cette ordure en l'air!»

– Tu n'as pas le droit d'être chef si tu as du sang sur les mains, continua Martin.

Les ailes battaient contre les côtes de Sonny, elles comprimaient ses poumons.

– Je vais le tuer pour Brooks.

– C'est pas ce que veut Alfred, poursuivit Martin. Il a envie que tu sois champion !

– C'est fini, tout ça...

– On peut y arriver, Sonny, par la manière dure, les petits bleds, les matchs acharnés...

Les lunettes de Martin lui glissaient sur le nez.

– ... On va passer pro pour de vrai !

« Cette grosse chouette la ferme jamais ! » lança le monstre.

– Ta gueule ! dit Sonny.

– Tu as raison, dit Stick en se redressant contre les valises. Brooks, tout ce qu'il voulait, c'était que tu lui serves d'appât.

Il essuya son nez ensanglanté avec une culotte en soie. Celle de Doll ? « Oublie ces conneries. Concentre-toi ! »

– Alfred et Jake veulent que tu sois un Messager Valeureux.

– Fais pas attention à ce gros branque, dit Stick.

Brooks veut que tu fasses la balance pour lui, point!

– Tu vas écouter un dealer qui t'a fait choper par les flics? lança Martin.

Stick et Martin se mirent à gueuler en même temps et Doll recommença à pleurer. Le monstre battit violemment dans sa poitrine. « Finis-en avec ça ! Appuie sur la gâchette... Tu retiendras jamais la leçon, pauvre métis? Ils truquent les combats, ils changent les règles, ils éliminent les gens qui s'occupent de toi, Brooks, ton père... Appuie sur la gâchette, vite, et en douceur, comme Jake t'a montré... »

Il pensa à Jake. Alors, il se boucha les oreilles, ralentit son cœur. La petite mort. Faut réfléchir maintenant... Qu'est-ce que je dois faire, que ferait un Messager Valeureux, un guerrier qui parle la voix de la sagesse, un messager de paix capable de se battre jusqu'au bout?

Un Messager Valeureux saurait quoi faire. Il se serait rappelé tout ce qu'il avait appris au cours de son voyage. Les mules et les champignons, la mort qu'on vend à des gosses, James, l'ami qui a survécu à la guerre pour revenir mourir dans la rue. Un Messager Valeureux se souviendrait, il réfléchirait et prendrait la bonne décision pour le Peuple.

Le bruit qui résonnait dans sa poitrine noyait les hurlements qui retentissaient dans la pièce. Comment pouvaient-ils ne pas entendre le monstre? L'esprit du Mal, comme disait Jake. Brooks appelait ça une personnalité passive-agressive. Donatelli parlait du feu. Tout le monde avait un nom pour ça.

Mon faucon intérieur.

– Stop! rugit Sonny pour arrêter le battement d'ailes. Laissez-moi tranquille.

Leurs visages se figèrent, ils crurent que c'était contre eux qu'il hurlait. Pourquoi ils n'entendent pas ces ailes qui claquent et m'écrasent les poumons pour se libérer? Il essaya de reprendre son souffle. «Si j'étais un Peau Rouge stupide, pensa-t-il, je serais parfaitement capable de croire qu'il y a un faucon là-dedans et que c'est le moment de le relâcher.

«Et de le suivre pour sortir d'ici.»

Il les regarda. Stick, tout tremblant, comme une fouine prise au piège; Martin, agrippé à la canne revolver, la chemise foncée par la transpiration; Doll haletante sous son peignoir, le maquillage sanguinolent sur les joues. Le bébé, bizarrement, lui souriait.

Ils attendaient tous qu'il fasse quelque chose.

Qu'il contrôle la situation.

Il respira profondément. La douleur fut cuisante.

– Allez, on y va ! On sort Stick d'ici.

Martin poussa un cri triomphal.

– On se tire !

Son torse se gonfla. La douleur était insupportable, un moment de plus et il allait exploser. Son corps frissonna de la tête aux pieds. Il eut subitement froid. Puis tout se calma.

Le faucon était libre.

– Fais jamais ça, dit Stick. Dehors, il y a des mecs qui laisseront pas Doll partir d'ici.

– Elle, on la prend pas. Toi, c'est tout !

Stick fit un sourire.

– Doll te laissera pas faire !

– Je te jure que si !

Sonny la regarda. Elle serrait son bébé contre elle, furetant des yeux pour chercher une issue.

– Elle aime son bébé. Elle va faire ce qui lui semble bien pour lui.

Il pensa à sa mère. Elle avait dû appeler la Commission après l'avoir vu dans le journal. Elle avait dû penser que c'était bien.

– Les laisse pas faire, Doll !

La voix de Stick se mit à gronder sourdement.

– Je t'aurai, Doll !

Elle enfouit le visage dans le ventre de Jessie. Le bébé gloussa de rire.

Stick continua. Sa voix avait pris un ton rude.

– Sonny… C'est elle qui a pris ton portefeuille et ton sac ! Quand les stups nous ont sauté dessus sur le Port…

Doll leva les yeux.

– Je te les ai gardés, Sonny. Je te jure !

Elle lui décocha un de ses sourires fluo.

– Il est quelque part par là.

– Garde-le ! J'en ai pas besoin.

– Tu es vachement bon artiste, Sonny. Peut-être qu'un jour tu dessineras Jessie…

« Peut-être. »

Dans le calme, il avait l'impression d'avoir la tête très claire, les sens aiguisés. Il sentait l'ammoniaque et la pizza, les gaz d'échappement, tous ces signes qui lui indiquaient la sortie. Il entendait les bruits de chair et les clameurs des jeux vidéo, le fracas assourdi des camions qui passaient sur les plaques d'égout du Deuce.

Sonny força Stick à se lever.

– Martin, dès qu'on a passé cette porte, on avance sans arrêter jusqu'à ce qu'on tombe sur la rue ! Peu importe ce qui se passe !

– Compris ! répondit Martin d'une voix hargneuse.

C'était presque drôle, Martin qui jouait les durs. Mais il était fier de lui. Tous les Messagers Valeureux avaient un apprenti guerrier à leurs côtés.

– Donne-moi la canne. Garde le Colt sous ta chemise tant que tu n'en as pas besoin. Allez, on se tire !

Il poussa Stick devant lui. Sur le pas de la porte, il se retourna. Doll frottait son nez contre celui de Jessie et gazouillait avec elle. Il se demanda s'il les reverrait un jour. Puis il claqua la porte d'acier.

Ils dévalèrent l'escalier, remontèrent les autres marches. Dans le couloir des cabines, il prit Stick par le bras et fit signe à Martin de faire la même chose. Ils entraînèrent Stick coincé entre leurs épaules.

Mo fit irruption.

– Qu'est-ce qui se passe…

Devant la canne à tête de serpent, il fit un bond en arrière.

– Où est Doll ?

– Les laisse pas m'emmener ! glapit Stick.

– Doll t'attend en haut, dit Sonny.

Pas une seconde, il n'arrêta d'avancer. Il savait que Mo se retirerait de leur chemin.

Personne ne leva les yeux sur eux le temps qu'ils traversent la salle de jeux pour foncer dans le petit cabinet et débarquer dans la Grotte.

Chub leur bloqua le passage.

– Les laisse pas m'emmener ! hurla Stick. Je vais te balancer les stups ! Ils vont te faire fermer !

Sonny enfonça la tête de serpent dans la colonne vertébrale de Stick.

– S'il y a un truc qui déconne, tu y passes.

– Lâche-le, dit Chub.

Martin répondit, hargneux :

– Profil bas et ferme-la si tu as un peu d'imagination, gros lard !

Il déchira sa chemise en sortant le Colt, mais dès que Chub le vit, les serpents et les aigles de ses tatouages parurent rétrécir. Il les laissa passer.

Et ils se retrouvèrent sur le Deuce.

– C'est votre camionnette, les garçons ?

Une femme en uniforme marron s'apprêtait à

remplir un procès-verbal. Elle les dévisagea froidement. Sonny donna un coup de coude à Stick pour qu'il se tienne tranquille.

– Désolé, Madame l'agent, dit Martin. On avait une livraison à prendre... On s'en va tout de suite!

– Je vous laisse partir pour cette fois, dit-elle. Vous pouvez dire que vous avez de la veine!

Ils réprimèrent leur fou rire jusqu'à ce que Sonny ait engagé la camionnette dans la circulation de la 42e Rue, Stick coincé entre eux deux, ses mains tentaculaires repliées sur ses épaules osseuses, grommelant, l'arme de Martin enfoncée profondément dans les côtes, mais une fois qu'ils eurent commencé à éclater de rire, ils furent incapables d'arrêter avant l'hôpital.

24

La salle du café de Hillcrest était plus petite que dans le souvenir de Sonny. C'était une boîte en fait, où l'on n'avait pas la place de se retourner, aux murs de parpaings blanchis à la chaux, couverts de plaques commémoratives à quatre sous et de têtes d'animaux mangées aux mites. Ça ressemblait davantage à une salle d'école qu'à une arène de boxe. Pour tocards et arrivistes. Le plus gros des hommes s'entassaient dans un coin autour de quatre barriques pour remplir leurs gobelets en carton.

– J'ai déjà vu ça, dit Johnson. Des combats dans les remises.

– De la remise au palace, lança Martin. L'histoire de Sonny Bear !

– Comment on l'éteint, celui-là ? grommela Johnson.

Sonny se déshabilla dans une réserve encombrée de tables à cartes pliantes et de matériel de softball. Johnson lui fit deux bandages de gaze épaisse et de bande de coton résistant.

– Je vais pas te laisser bousiller une articulation dans ce trou. N'oublie pas, marque et bouge pendant les premiers rounds, va pas chercher le coup dur.

– Je lui ai dit exactement la même chose la dernière fois, dit Jake.

– S'il vous écoutait, dit Martin, il ne serait pas en route pour le titre à l'heure qu'il est...

– Bon, du calme, dit Johnson. Laisse Sonny se concentrer.

Il leva les mains.

– Jab, crochet.

Sonny se mit à lancer des jabs brefs en ralentissant sur les crochets, suivant la chaleur qui se répandait en lui. « Chasse tout le reste pour te concentrer sur le bouseux, et n'oublie pas la foule qui est venue voir le métis se faire réduire en viande rouge !

« Pense pas à Brooks, couché dans cet hôpital depuis trois semaines déjà, sans rien faire d'autre que fixer le plafond, parce qu'il ne marchera plus jamais.

« Pense pas à Doll et Jessie.

« Pense pas à ta mère, sur la route avec l'avocat de Roger pour te faire revenir à Phoenix avec elle.

« Pense pas à Stick qui attend un procès où il va falloir que tu témoignes.

« Pense juste à ce combat.

« Le match de revanche, la deuxième chance, le nouveau départ. »

Quand la porte s'ouvrit, il s'élança devant Jake, Martin et Johnson. Il descendit l'allée centrale, royal, cognant ses gros gants rouges l'un contre l'autre, les épaules fouettées par sa queue-de-cheval noire.

« Me revoilà, bande de ploucs, mais je suis plus fort ! »

– ... l'événement de la soirée, un match de revanche qu'on a tous attendu. Le gagnant emporte tout, trois cents dollars... En short noir... il prouve qu'il a du cran, je dois dire...

Quelques applaudissements isolés se firent entendre.

– ... quatre-vingt-trois kilos huit cents, la fierté de la Nation moscondaga... Sonny Bear ! Le Tomahawk Kid !

Sonny regarda autour de lui. Les yeux au ciel,

Johnson brandissait les pouces en direction de Martin qui, le visage barré d'un sourire fendu jusqu'aux oreilles, donnait une grande claque dans la paume de Jake.

– Et un garçon de Hillcrest, champion invaincu du Comté de Van Buren... le Boxeur Fermier... Glen Hoffer...

Hoffer s'avança à pas lourds au milieu du ring et agita la main vers la foule enthousiaste. Les boucles jaunes des poils de son torse luisaient déjà de sueur.

– Moi, je trouve qu'on dirait un sac à poils boxeur ! dit Martin.

– Blague jamais un boxeur à la légère, dit Johnson, surtout si tu n'es pas boxeur toi-même !

Sonny écouta attentivement les directives de l'arbitre. « Je suis pro maintenant... Ça compte pour de vrai ! Je suis pas un gosse de la Réserve qui vient se faire quelques billets. Pas un amateur. C'est le premier pas sur la route du sommet. »

La foule se mit tout de suite à réclamer de l'action, mais il fit semblant de ne pas les entendre. « Jab et reculer. Contrôler le combat. Fatiguer Hoffer, le frustrer. » A la cloche, la foule lança des huées.

– Round intelligent, déclara Johnson tandis que Martin lui faisait gicler de l'eau sur la langue alors que Jake lui frottait le dos.

– Maintenant, accélère la cadence. Tu es un pro maintenant, un amuseur.

Jab… cinq… cinq ! hurla Martin alors que Hoffer avançait sur ses pieds plats. Assez tard dans le round, Sonny lui asséna une série précise qui le fit basculer, mais il se laissa un peu trop aller à admirer ses coups. Hoffer mit l'occasion à profit pour entrer dans un corps à corps et, l'empoignant puissamment dans une étreinte digne d'un ours, en profita pour lui envoyer le genou dans l'aine et lui érafler le dos avec les lacets de ses gants. Sonny sentit la brûlure de l'égratignure. Alors que l'arbitre les séparait, Hoffer lui fourra la tête dans la bouche et lui éclata la lèvre. Le sang gicla le long de son menton.

« Deviens pas branque, calme ! Jab et bouge-toi ! Travaille le fermier, lui montre pas que tu es touché. » Sonny enchaîna deux jabs à la file, mais Hoffer l'attrapa une fois de plus et lui cogna le tibia. « Contrôle-toi. Encaisse ce qu'il faut jusqu'à ce que ton tour arrive. »

Et ce fut le cas au troisième round. Hoffer envoya une droite en courbe que Sonny esquiva. Celui-ci s'accroupit le temps de laisser le coup massif tourbillonner au-dessus de sa tête. Entraîné par la force de son punch, Hoffer fit demi-tour et son gant droit partit en vol plané par-dessus son épaule gauche, laissant sa grosse bouille à découvert.

Jab… cinq… sept… deux. Droite… huit. Crochet… un.

Bingo !

Sonny gagna un coin neutre à grandes enjambées. Presque déçu que ce soit déjà terminé. Encore un round, au moins ! Trop tôt, c'était toujours trop tôt ! Il avait envie de savourer le combat encore un peu, de se rappeler chaque coup de poing. Ça allait être de plus en plus dur maintenant. A partir de ce moment précis, ça ne comptait plus pour du beurre… Les bleds paumés, sans fric, un chemin difficile, des gosses complètement branques et des ratés qui allaient vouloir le blesser… Une longue ascension. Mais il allait y arriver.

– Gagnant… par knock-out à la vingt et unième du troisième round… Sonny Bear… le Tomahawk Kid…

La foule l'acclama poliment. Ils étaient déçus, mais respectueux.

Martin le serra contre lui.

– In-vain-cu !

Johnson le sortit du ring.

– J'ai déjà vu ça. Vaut mieux qu'on se sépare. Jake ramassera le fric.

Sonny enfila son pantalon sur son short tandis que Martin lui passait son blouson de jean sur ses épaules nues. Ils se dépêchèrent de sortir de la foule pour aller sur le parking. Sonny démarra la camionnette et fit pétarader le moteur jusqu'à ce que Jake monte dans la cabine avec l'argent. Ils étaient plutôt serrés à eux quatre. Sonny sortit en faisant crisser les pneus. Martin fut le premier à pousser des cris de joie et ils se retrouvèrent tous en train de hurler et de rire.

– Le Tomahawk Kid ! Où tu as trouvé ça ? demanda Sonny.

– Je suis un Ecrivain Valeureux ! répondit Martin.

Sonny regarda Jake. Le vieil homme brandit le poing, le pouce entre l'annulaire et le majeur.

A mi-chemin de la descente, à la fourche, Sonny demanda :

– De quel côté ?

– Ça ne fait rien, dit Jake. On y arrive des deux côtés.

– Droit au titre ! s'écria Martin.

– J'ai encore jamais vu ça ! s'écria Johnson.